小学館文庫

# 小説
# 名探偵コナン から紅《くれない》の恋歌《ラブレター》

大倉崇裕

原作・青山剛昌



小学館

オレは高校生探偵の工藤新一《くどうしんいち》。幼馴染みで同級生の毛利蘭《もうりらん》と遊園地に遊びに行った時、黒ずくめの服を着た男の怪しげな取引現場を目撃した。取引を見るのに夢中となっていたオレは、背後から近づいて来るもう一人の仲間に気づかなかった。昏倒させられたオレは男達によって謎の毒薬を飲まされる。そして目が覚めた時、オレの体は縮んでしまっていた！

工藤新一が生きていると奴らにバレたら、また命を狙われ、回りの人達にも危害が及ぶ。知り合いの発明家・阿笠博士《あがさはかせ》の助言で正体を隠す事にしたオレだったが、蘭に名前をきかれた時、とっさに本棚にあった「江戸川乱歩」と「コナン・ドイル」の名前を合わせ、「江戸川《えどがわ》コナン」と名乗ってしまう。

今は小学一年生・江戸川コナンとして生活しながら、奴らの情報をつかむ為、蘭の父親で探偵をしている毛利小五郎《もうりこごろう》の元に転がりこみ、次々と起こる難事件を（密かに）解決している。

小さくなっても頭脳は同じ！　迷宮なしの名探偵、真実はいつも一つ！

# 序章

「春過《はるす》ぎて夏来《なつき》にけらし白妙《しろたえ》のぉ…　衣《ころも》ほすてふ　天《あま》の香具山《かぐやま》ぁ…」

薄暗い土蔵の中によく通る澄んだ声が響く。テレビモニターから流れるその声を聞きながら、矢島俊弥《やじまとしや》は一人、ニヤリと笑った。

画面の中では、和服姿の真剣な表情をした女性が二人、向き合っている。

「嵐吹《あらしふ》く…」

二人の女性が動き、交錯する。畳の上をカルタ札が滑っていく。

「三室《みむろ》の山《やま》のもみぢ葉《ば》は…　竜田《たつた》の川《かわ》の錦《にしき》なりけり…」

矢島は目の前に並ぶカルタ札を動かしていく。そう、やはり自分は間違ってはいなかった。自然と笑みが浮かんでくる。

「フフフ、師と同じ得意札か…」

矢島はリモコンを取り、モニターの電源を落とす。

「全て君のおかげだよ、大岡紅葉《おおおかもみじ》…　今日のテレビ収録が終わったら、礼を言わんとな」

みしりと床の軋《きし》む音が聞こえた。矢島ははっとして振り返る。

「なんや早いな、もう来たんか」

矢島は相手の手に、鞘《さや》に入った刀が握られているのに気づく。部屋の入口脇に飾ってあったものだ。

「あんさん…」

柄《つか》に手をかけ、刀を抜こうとする。だが、錆《さ》びついていて抜けない事を矢島は知っていた。

殺される…！

逃げようとしたが足がもつれた。鞘に入ったままの刀が振り上げられる。止《や》めてくれ！　叫んだつもりだったが、声にはならなかった。

刀が振り下ろされた。

一

「すごーい」

吉田歩美《よしだあゆみ》の歓声が、広いロビーに響き渡った。その声に驚いて、こちらを見ている男がいる。その男を指さして、円谷光彦《つぶらやみつひこ》が言う。

「あそこを歩いているの、お昼のワイドショーで司会をやってる三島寝太郎《みしまねたろう》ですよ！」

途中のコンビニで買ったあんパンを頬張りながら、ノシノシと歩いているのは小嶋《こじま》元太《げんた》だ。

「ひょっとして、仮面ヤイバーもいるんじゃねえか？」

（それは…　ねえと思うぞ）

江戸川《えどがわ》コナンはつぶやいた。この三人は、子供となったコナンの同級生だ。コナンの影響もあり、最近では少年探偵団を結成。時としてやっかい事を引き起こす事もあるが、コナンの良き友人達である。

コナンは歓声を上げている三人を残し、先を行く毛利小五郎《もうりこごろう》と毛利蘭《もうりらん》の後に続いた。

コナン達がいるのは、日売《にちうり》テレビの本社ビルだ。大阪ビジネスパークに立つ十五階建てのビルで、中には撮影スタジオなども完備されている。

「おらおらガキども、チョロチョロすんじゃねえ！　まったく、何で俺がこいつらのお守《も》りをしなくちゃならねえんだ」

文句を言い始めた小五郎を、蘭がいさめる。この辺りは、いつもと変わらない風景だ。

「しょうがないでしょ？　阿笠博士《あがさはかせ》に急用ができちゃったんだから」

「だからって…」

「秋になったら、大阪と京都に行くって、子供達、楽しみにしてたのよ？　お父さんが仕事で大阪に行くっていうのに、放《ほ》っておけないでしょ」

「全く、余計な事を…」

「いいじゃない、旅は大勢の方が楽しいし！　ねえ、コナン君」

「うん、そうだね」

ロビーを抜けると、セキュリティーチェックなどを行うゲートがある。警備員が二人立ち、入館者の手荷物などを確認している。

コナンの番が来ると、警備員の一人が優しく笑いかけてきた。

「坊や、申し訳ないけど、このスケボーだけは預からせてくれるかな？　帰る時には、返すから」

「いいよ」

スケボーを渡し、入館証をつけてもらう。その後ろでは、小五郎がまたブツブツ言っている。

「何だよ、手荷物まで調べるのかよ」

「申し訳ありません」

警備員がカバンのファスナーを開けると、一冊の本が転がり出てきた。沖野ヨーコの写真集だった。

「ああ！　ちょっと、それ…」

本を拾い上げた蘭が、小五郎を睨《にら》む。

「お父さん、こんな物持ってきたの？」

「いや…　ヨーコちゃん、今日と明日、こっちでコンサートの予定なんだ…　もし会えたら、サインとか…　なーんてな」

「お父さん、今回は仕事で来たんだからね」

「わ、判《わか》ってるよ…」

「おっさん、相変わらずやな」

コナンの背後で、聞き慣れた声がした。

服部平次《はっとりへいじ》だ。彼は大坂に住む高校生探偵だ。東京を拠点とする工藤新一に対し、西の名探偵と呼ばれたりもする。父親は大阪府警本部長であり、親譲りの推理力で数々の難事件を解決、コナンの正体を知る数少ないうちの一人である。

「あんなんで大丈夫なん？　対談の収録、この後すぐなんやろ？」

平次の横にいるのは遠山和葉《とおやまかずは》。平次とは幼なじみでいつも一緒にいる。この二人の関係については…　まあいろいろある。

「対談ちゅうと、あれか？」

平次が指さした通路の壁にはポスターがデカデカと貼ってある。派手な文字で「皐《さ》月会《つきかい》　カルタの世界」とあり、和服姿の男性の写真が大きく真ん中に配されていた。

「あの人やろ？　おっさんが対談すんの」

コナンはうなずいて言う。

「阿知波《あちわ》研介《けんすけ》さん…　大阪を中心に活動している競技カルタの名門、皐月会《さつきかい》の会長だよ」

和葉がポスターに顔を近づけて言う。

「それにしてもびっくりやわぁ…　皐月会会長と小五郎のおっちゃんが知り合いやったなんて」

「ううん、知り合いじゃないし、おじさんはカルタの事なんて、何も知らないと思うよ」

平次もうなずきながら言う。

「せやろなぁ…　やってたとしても、せいぜい、坊主めくりやろ」

「ほな、何で…？」

「阿知波会長からのご指名なんだって！　眠りの小五郎の大ファンだからみたい…

それより、平次兄ちゃん達こそ、どうしてここにいるの？」

「知るかいな、和葉がどうしても来たい言うから…」

「そやかて、皐月会の矢島俊弥さんも来るんやで？　生で見たいやん」

「矢島って、誰や」

「皐月杯二年連続王者… 今、一番名人に近いと言われてんねん！　イケメンなんや」

「皐月杯の王者と名人… 何かちゃうんか？」

「もう、平次… ほんまカルタのこと何も知らへんのやな？　名人ちゅうのは、全日本カルタ協会が開催するトーナメントで優勝した人の事や！　女性の場合は名人やなくて、クイーンって言うんやで」

「ほう… で、そのトーナメントには誰でも出られるんか？」

「あんなぁ、競技カルタはそんな簡単なもんやないんやで？　まず、カルタ協会の会員になるやろ、スタートはE級からや… そこから公式戦で勝っていって、D、C、B、Aと級を上げていくんや… 名人戦やクイーン戦に出られるんは、A級の人だけ…毎年、名人位決定戦は近江神宮でやるんやけど、見応えあるでぇ！」

「で？　皐月杯ゆうんは、別なんか？」

「それは皐月会の会員だけで行われるトーナメントや！　そやけど、皐月会の会員数は三百人…　A級の人もいっぱいおるさかい、ものすごいハイレベルなんや…　過去には名人やクイーンも出してるんやで？」

「えらい熱《あつ》なって…　お前、カルタに興味なんてあったんか？」

「あったんかって…　アタシ、これでも、我が改方学園《かいほうがくえん》カルタ部の幽霊部員やで！」

(幽霊部員って、自慢げに言う事か？)

コナンは苦笑する。

「そういえば、前にそんな事言《ゆ》うてたな」

「カルタ部部長の未来子《みきこ》に頼みこまれてん…　合気道の稽古が忙しいさかい、練習にはほとんど出られへんって、言《ゆ》うたんやけど」

「妙な頼みやな…　練習に出られへんのやったら、意味ないやないか」

コナンは言った。

「部員の数が足りないからじゃない？」

「その通りや！　カルタ部は今、未来子をいれて部員が四人しかおらへんねん…　平次も知ってるやろ？　うちの学校、部員が五名を切ると、廃部になるって」

「そういえば、そんな規則、あったなぁ」

「アタシが入って、ちょうど五人…　部の存続がかかってるんやで？　断れへんやろ」

「ま、そら、そうやな」

和葉はキョロキョロと周囲を見回しながら、言う。

「未来子、遅いなぁ…　ここまで迎えに来るって言うてたのに」

「ちゅう事は…　もしかして、未来子も…」

「そうや、皐月会に入っててんねん…　今日も手伝いでここに来てるはずなんやけど」

エレベーターの方から、よく通る涼しげな声が聞こえた。

「和葉ー」

メガネをかけた枚本未来子《ひらもとみきこ》が駆けて来る。和葉も手を振り返す。

「未来子ー！　悪いなぁ、忙しいのに」

「かめへんて！　和葉には、いつもお世話になってるし…　うわぁ、あれ、眠りの小五郎やろ？　なあ和葉、後でサインもろても、かめへんやろか？」

小五郎はボディーチェックを終え、通路脇で競馬新聞を広げている。元太達のチェックがまだ終わらないのだ。

「た、多分、大丈夫やと思うけど…」

「やったー！　ん？　服部君、この子、誰？」

平次は親指でコナンを指しながら、言った。

「こいつは眠りの小五郎の家に居候している工藤…　ふんぎゃっ！」

コナンは平次の足を踏みつけ、言った。

「江戸川コナンです！　よろしくね」

「わたしはカルタ部の部長やってる枚本未来子！　よろしく」

平次はコナンを睨み、囁《ささや》き声で言う。

「工藤…　お前なぁ」

「名前呼ぶ時は気をつけろって、いつも言ってんだろ」

「すまん、すまん、つい」

「お待たせー」

チェックを終えた蘭達がやって来る。

「皆さん、六階の収録スタジオにご案内します」

未来子の先導で、皆、エレベーターに乗る。

小五郎は競馬新聞を持ったままだ。

「もうお父さん、いい加減、新聞しまったら？」

「いいじゃねえか！　収録まではまだ時間あんだろ？」

「でも…」

「それに、対談相手は皐月会…　皐月っていえば、競馬の皐月賞だろ？」

高らかに笑う小五郎の横で、一同はがっくりと肩を落とした。

関根康史《せきねこうじ》は呼吸を整えると、自分の右手を見つめた。何とか震えは止まったようだ。目の前に転がっているのは、頭を割られた矢島の遺体だ。周りにはカルタ札がちらばり、中には血にまみれているものもある。

関根はハンカチをだし、それを手袋代わりにすると、遺体脇にある刀に近づいた。鞘の先にべっとりと血がついている。柄の部分をそっとつまみあげ、指紋がついていそうなところを拭く。刀を床に戻した後、戸棚や金庫を片っ端から開き、中の物を床にぶちまける。矢島はここで生活していたようなものであるから、普段着から私物のパソコンまで、全てが置いてある。デスクの上のパソコンを床に落とし、カード類、財布をポケットにねじこんだ。

「よし」

戸口に向かいかけて、足を止める。慌てて遺体に駆け寄った。右手に何か握られている。よく見てみると、カルタ札だ。関根は札をそっと引き抜くと、そこに書かれた歌を読む。

「やっぱりな…」

札を床に放り、散らばったカルタの中に紛れ込ませた。

「よっしゃ」

周囲に人がいない事を確認し、関根は屋敷を出る。途端に、紅葉がハラハラと散りかかった。肩に乗った紅葉を払い落とし、先を急ぐ。もう少し行けば、賑《にぎ》やかな通りに出る。観光客に紛れ、この場から離れるのだ… 大丈夫、何とかなる！ 関根はそう自分に言い聞かせた。

## 二

本番まで時間がある為か、スタジオの空気はまだのんびりとしたものだった。対談用の椅子、テーブル、皐月会の歴史を示す写真やパネルの設置もほぼ終わっている。

コナン達が作業の様子を見ていると、正面のドアが開き、和装の男性が入ってきた。年は五十代後半くらいで、人目を引くオーラと貫禄《かんろく》が備わっていた。

蘭が和葉にささやいた。

「あれが、阿知波研介よね」

「そやで……ほんま、すごい貫禄やわぁ」

阿知波は額の汗をハンカチで拭いながら、ディレクターの男と話をしている。

「遅くなって申し訳ない……渋滞がひどくてね」

「大丈夫ですよ、時間はまだありますから」

「今日は、私と毛利探偵の対談、それに、会員のデモンストレーションだったね？」

「はい……皐月杯王者の矢島俊弥さんと、高校生チャンピオンの大岡紅葉さんのお二人に対決していただいて、競技カルタがどんなものかを視聴者に感じてもらおうと思っています」

「判った、進行は君に任せるよ」

「なぁ」

ようやく新聞をしまった小五郎が、蘭に尋ねる。

「あの阿知波研介ってのは、一体何者なんだ？」

蘭の顔色が変わる。

「もう、お父さん、そんなんじゃ、阿知波さんに失礼でしょう？　せっかく対談相手に指名してくれたのに」

「そんな事言ってもよぉ、カルタなんて興味ねえし、やった事もねえからなぁ」

コナンの思った通りだった。そこに身を乗りだしてきたのは、平次だ。

「阿知波研介の事やったら、ちょっとは知ってるで」

平次は並べられた写真パネルの前に小五郎達を連れて行く。一枚目は、パーティーに出席している阿知波を写したものだ。和装ではなくタキシード姿で、カクテルグラスを手にしている。

「阿知波研介…　一代で阿知波不動産を築き上げた、浪速《なにわ》の不動産王や！　資産は二十億とも三十億とも言われてる」

小五郎はなおも興味なさげな表情だ。

「そんな男が、何でカルタなんかやってるんだ？」

「唯一の趣味やったそうや…　腕前も相当なもんらしいで？」

「ふーん」

小五郎がその場を離れそうになったので、慌ててコナンも口を開いた。

「阿知波さん自身は、選手《せんしゅ》より読手《どくしゅ》になりたかったんだよ」

「読手？」

「試合のとき、カルタを読み上げる人の事だよ」

「カルタを読むくらい、誰にだってできるだろうが」

「そんな事ないよ！　読手として認められるには、カルタの腕前はもちろん、厳しい審査に通らないとダメなんだって」

「阿知波研介は、その資格も持っているのか？」

「うん…　だから、皐月会主催の大会では、よく読手を務めるらしいよ」

パネルには、カルタ大会で読手をしている阿知波の姿がある。

「それにしてもお前、えらく詳しいじゃねえか」

「おじさんが対談するっていうから気になって、調べておいたんだ！　皐月会はもともと奥さんの阿知波皐月《あちわさつき》さんが作った会なんだよ…　皐月さんはクイーンになった事もある人で、京都の競技カルタの大会で、阿知波さんと出会い、結婚したんだって」

阿知波と共に笑顔で立つ皐月の写真がある。その横には、着物姿でカルタを取る姿も。

和葉が言う。

「カルタをしてるときの皐月さん、普段とはまるで別人のようやわ」

研介の横で柔和に微笑む女性も、カルタを前にすると表情が変わっていた。眉間に薄く皺《しわ》を寄せ、鋭い眼光でカルタ札を睨む様子は、和葉の言う通り、まるで別人だった。

和葉が続けた。

「そこに、トロフィーが展示してあるやろ？　皐月さんが西日本のカルタ大会で四連覇した時のものや」

ガラス製の展示台に、金色に輝くトロフィーが並んでいる。コナンはそれを見て、首を傾《かし》げる。

「あれ？　でも、トロフィーは三つしかないよ…　四連覇だから、四つあるはずだよね」

「詳しい事はアタシも知らんけど、何年か前に一つ、盗難にあったんよ…　皐月さんには熱狂的なファンがおったさかい、誰かが盗んでいったらしいで？　返すよう呼びかけたけど、結局、戻ってこんままや」

「ふーん、酷い事する人もいるね」

「盗みは絶対にしてはいかんが…　確かに、綺麗《きれい》な人だよな、皐月さん」

小五郎が鼻の下を伸ばしている。

「で、その皐月さんも、今日来るのか？」

「皐月さんは来ないよ、三年前に病気で亡くなったんだって」

「…そうなのか…」

「阿知波さんは皐月さんの跡を継いで、皐月会の会長になったらしいよ？　その為に不動産会社の社長も辞めちゃったんだって」

さすがの小五郎も神妙な面持ちになる。しばらく黙って、写真を眺めていたが、

「この阿知波さんの横に必ず写っている目つきの鋭い男、これは誰なんだ？　ほら、親指に金の指輪をはめた男だよ」

言われてみれば、パーティーの席上でも、カルタ会の会場でも、阿知波の横に目つきの鋭いがっしりとした男が立っている。この男については、コナンも知識がなかった。

「海江田藤伍《かいえだとうご》や」

答えたのは、平次だった。

「阿知波の秘書やった男や…　香港で阿知波と出会って意気投合、正体はよう判らんけど、頭は切れるらしい…　噂やと阿知波不動産の裏の部分を一手に引き受けてきた

とか…」

「で、この男は今どこにいるんだ？」

「秘書辞めて、香港に戻ったらしいで」

「何だって？」

阿知波研介の声がした。見れば、彼の周りにプロデューサーやAD《エーディー》（アシスタントディレクター）が集まっている。何事かあった様子だ。コナンは聞き耳をたてる。

「矢島君がまだ来ていない？　おかしいな…　打ち合わせがあるから、本番一時間前には来るように言ってあったんだが…」

ADが困惑顔で言う。

「携帯に何度かかけてみたんですけど、繋《つな》がらなくて」

阿知波はプロデューサーに向かって言った。

「念の為、関根君にも連絡してくれるか？　今日は一日、家にいると言っていたから万が一の時は、彼に代役を頼むとしよう」

「判りました！　とりあえず、収録時間は後ろにずらします！　あ、リハーサルは続けていただけますか」

プロデューサーは指示をだしながら、自分の携帯を取りだし、スタジオを出ていった。

　そんな慌ただしい動きの一方で、そろそろ飽きてきたのか、子供達が騒ぎだした。

まずは光彦だ。

「収録、まだ始まらないんですかね？」

　続いて元太。

「オレ、腹減ってきちゃったよ…　先にタコ焼き食べにいけばよかったぜ」

　そんな中、歩美が目ざとく何か見つけたようだ。

「あ、見て、誰か入ってきたよ」

　控え室のある方向のドアが開き、着物を着た女性が入ってきた。

「わー、かわいい！」

「アイドルみたいです」

「べっぴんさんだなぁ」

　子供達の後ろで、蘭も興味津々である。

「誰？　あの綺麗な人」

「知らん」

　首を横に振る和葉だったが、

「あれ？　あの女の後ろから出てきたん、未来子や」

同じドアから、スタジオ前で別れた未来子が入って来た。二人はスタジオの真ん中に置かれた畳に向き合って座る。二人ともどこか緊張した面持ちだ。

二人が手にしたカルタ札を三列に分け、自分の前に並べ始めた。

元太が言う。

「あれ、何してんだ？」

「カルタのデモンストレーションをやるって言ってたから、それじゃねえか」

とコナン。

「でも」

光彦が言った。「ボクらの知ってるカルタとは大分、違いますね」

さらに歩美も、

「百人一首と言ったら百枚でしょう？　何か枚数が少ないみたいだけど」

和葉が低い声で説明を始めた。

「競技カルタで使うのは、半分の五十枚や！　それを自分と相手で分けた二十五枚を、ああやって並べていくんや…　上・中・下の三段に並べてるけど、あれが自陣や…

上手《うま》い人になると、並べ方にもその人なりの特徴が出てくるんやで」

子供達三人は目を輝かせながら、うなずいた。

「へぇ」

「普通は十五分の暗記時間があるんやけど、今はリハーサルやさかい、すぐ始めるみたいやな」

スタジオの緊張が高まる。スタッフの一人が、全員に向かって言った。

「少しの間、静かにしてもらえますかー」

木のテーブルの上に、百枚の読み札が置かれている。そこに、阿知波がゆっくりと進み出る。少し間を取った後、よく通る心地のいい声で、読み始めた。

「難波津《なにわづ》に　咲《さ》くやこの花《はな》　冬《ふゆ》ごもり　今《いま》を春《はる》べと　咲《さ》くやこの花《はな》」

和葉が皆に囁いた。

「今のは序歌《じょか》や…　まあ、心の準備みたいなもんやな…　試合が始まる前に、下の句だけ二度、読まれるんや」

二度目が終わり、阿知波が一番上の読み札を取った。

「明《あ》けぬれば　暮《く》るるものとは　知《し》りながら」

「あけ」を読んだ瞬間、もう一方の女性が鮮やかに自陣の札を取る。

蘭が驚きの声を上げた。

「すごい！　動きが見えなかった」

すかさず、和葉が解説する。

「あの歌は、二字決《にじぎ》まりや」

「何なの、それ？」

「百人一首の中に、『あけ』で始まる句は、これだけなんや！　そやから、二文字目を聞いた時点で、取るべき札が判るやろ？　そやから、二字決まり」

「じゃあ、一字決《いちじぎ》まりとかもあるの？」

「もちろん！　一字決まりは全部で七首、二字決まりは四十二、三字決《さんじぎ》まりは三十七、四字決まりは…」

未来子の対戦相手である女性が、ゆらりと後ろを振り向いた。目は穏やかで、口元には笑みが浮かんでいる。しかし、そこから発せられた言葉は、鋭い棘《とげ》を含んでいた。

「賑《にぎ》やかで楽しそうですなぁ…　まるでカフェにいるみたいやわぁ」

これには蘭も和葉も抵抗できない。「すみません」と頭を下げる。

「なほ恨《うら》めしき　あさぼらけかな」

先に読んだ歌の下の句がもう一度読まれ、次の歌へと移っていく。畳で向き合う二人の表情もぐっと引き締まった。

「大江山《おおえやま》　いく野《の》の道《みち》の　遠《とお》ければ」

「おおえ」でもう一方の女性が動く。未来子も反応するが、彼女には及ばない。未来子陣地の札を取る。その後、彼女が札を一枚、未来子に手渡した。それを見た光彦が、和葉に尋ねる。

「あれは？　自分の陣地の札を渡しちゃってますけど」

「自陣の札を取った時は、その札を外すだけやけど、敵陣のを取った時は、自分の陣地から好きな札を相手に渡すんや！　そうやって競技を続けて、自陣の札が先になくなった方が勝ちなんや」

「へぇ」

「まだふみもみず　天《あま》の橋立《はしだて》…」

下の句に続き、三句目が読まれる。

「名《な》にし負《お》はば　逢坂山《おうさかやま》の　さねかづら」

ここでは二人とも動かない。

和葉が囁く。

「今のは空札《からふだ》や」

「空札って？」

光彦が聞き返した。

「百枚あるカルタのうち、取り札に使《つ》こてるのは五十枚…　そやけど、読み札はきっちり百枚あるんや…　当然、読まれるけど、自陣にも敵陣にもない札が出てくるんや…　それを空札言《ゆ》うんや」

「うわぁ！　その場にない札をいきなり読まれたら、間違って関係ない札を叩《たた》いちゃいそうです」

「それがお手つきや！　きついペナルティーがあるんやで」

阿知波の声が響く。

「人《ひと》に知《し》られで　くるよしもがな…」

そして四句目だ。

「ほととぎす　鳴《な》きつる方《かた》を　眺《なが》むれば」

最初の一字、「ほ」で二人は同時に動いていた。だが、今回もわずかに未来子は及ばない。自陣の札を相手に取られてしまった。未来子はくやしそうに、下唇を噛《か》んでいる。

一方の女性は、畳の上で軽く素振りを繰り返すと、また穏やかな笑みを浮かべ、言った。

「もう、ええですわ」

未来子、阿知波に一礼して立ち上がる。

スタッフの一人が慌てて傍《そば》に走り寄った。

「どうでした？　何か不都合は？」

「問題ありません」

しずしずとコナン達の前を通り、控え室へのドアに歩いて行く。その歩みが平次の前でぴたりと止まる。女性の大きな目は平次の顔に向けられていた。

一同、何が起きたのか判らない。そうこうするうち、女性の目から涙があふれ出た。

そして、

「運命やわぁ」

平次に近づき、そっとその手を取る。平次は唖然《あぜん》として、されるがままだ。

「会えるんやないかと思てました…　ウチの未来の旦那さんに」

旦那…さん…？

その言葉にその場の皆が、唖然とする。

「ちょぉ、待たんかい」

我に返った平次は、慌てて手を振り払おうとするが、なぜか女性の手は離れない。

「ウチ、この収録が終わったら、暇なんです…　お茶でも飲みませんか？」

平次の手が女性の胸の辺りに触れ、その顔が真っ赤に染まる。

（やれやれ…　知らねえぞ、どんな事になっても）

コナンは後ろにいる和葉を見上げた。鬼の形相である。

そこにスタッフの一人がやって来る。

「すみません！　一度、控え室に戻っていただけますか」

「あら、今、ええとこやったのに」

女性はやや不満そうにスタッフを見たが、すっと平次の手を離すと、また温和な笑みを浮かべた。

「ほんなら平次君、また後で」

「あ…ああ、ほななぁ」

手を振り返す平次。

「何が、ほななぁや！　誰やねん、あの女ぁ」

和葉が平次の耳を摑《つか》んで引っ張り上げている。

「知らん、知らん！　痛い！」

「知らんはずないやろ？　あない、仲良さそうやったやん！」

「そやけど、知らんもんは知らんのや」

「運命やわぁ…ああ、気色悪う！　平次、怒らへんから白状しぃ」

「ちゅうか、お前もう怒ってるやんけ！　とにかく、あんな女知らん…　いや、待てよ…」

「ほら、見てみい！　やっぱり知ってんのや」

「どっかで見たなぁ、ゆう程度のもんや…　名前も住所も知らん」

「そやけど平次、カルタなんてやった事ないやろ？」

「そら、そうなんやけどな…」

「怪しい！　絶対、怪しいわ！」

「違《ちゃ》う、違《ちゃ》うて！　第一、あんな綺麗な人、一度見たら忘れる訳ないやろ？」

「あんな…　綺麗な人…」

和葉は一瞬絶句して、不安そうな表情を浮かべる。そんな彼女の反応にはおかまいなしに、平次は言葉を続けた。

「お前は、別の意味で忘れられへんけどな」

和葉の表情がまた険しくなった。

「何やて？　そらどういう意味なん？」

これ以上、放っておく事もできず、コナンは平次の袖を引く。

「平次兄ちゃん、あの女の人の事、ホントに知らないの？」

「ああ…　急にあないな事言われて、こっちも驚いてんのや…　一体どこの誰やっちゅうねん」

そこに、未来子がやって来た。リハーサル後の成り行きを、離れたところでずっと見ていたようだ。

「あの人が大岡紅葉…　二年連続高校生皐月杯チャンピオンや」

平次と和葉が同時に叫んだ。

「何やて？」

「京都泉心高校の二年生…　将来クイーンになる事は確実と言われてるんや」

「あれが、大岡紅葉…　未来のクイーン…」

「和葉、お前、皐月杯に詳しいような事言うてて、高校生チャンピオンの顔も知らんかったんかい」

「アタシが興味あるんは、皐月杯優勝者の矢島さんだけや！　他は知らん」

未来子の登場で平次と和葉の喧嘩《けんか》も一時休戦となったようだ。コナンは内心、ホッとする。

平次もこの場を何とかしたいのか、すぐに言葉を継いだ。

「皐月杯とかクイーンとか、何や判らんようになってきたわ」

「皐月会では、毎年、二つの大会を主催してて、一つが皐月会のトップを決める、皐月杯争奪戦…　その他に、出場者を高校生に限定した、高校生皐月杯争奪戦があんねん」

「未来子は、我が改方学園カルタ部として、明後日の高校生皐月杯争奪戦に出場するんや…　彼女、去年はベスト4まで進んだんやで？　今年は優勝や！」

「アカン、さっきの対戦見たやろ？　紅葉には、まだ歯ぁたたへん…　もっと練習せんと、あそこには行けへんわ」

スタジオの正面扉が開き、制服姿の警備員が入って来た。

「カルタ、入りまーす」

続いて、キャスターに載ったガラスケースが、運び込まれてきた。四方を警備員が囲んでいる。ケースの中に入っているのは、古びたカルタ札だ。ところどころがすり切れ、染みも浮きだしている。

コナンは未来子に尋ねた。

「何なの？　あのカルタ札」

「皐月杯二大会の決勝で使われるカルタ札や！　予選会では普通のカルタ札を使うんやけど、最後の決勝だけは、あの札を使うねん…　皐月会は、今年で創立二十五年…あのカルタは、第一回大会から、ずっと使われてて、あの札で試合をするんが、会員達の夢なんや」

「へぇ…　だけど、どうしてケースに入っているの？」

「激しい試合を何度も経験してきたさかい、傷みが激しいんや…　そやから、決勝で使う時以外は、ああやってケースに入れて、普段は美術館の倉庫の中に保管されているんやで」

「すごいね、骨董品《こっとうひん》みたいだ」

「そやねん！　明後日の試合が終わったら、修復の為に破れや黴《かび》の状態なんかを調査する予定なんや…　阿知波会長は反対してはったみたいやけど」

「ふうん、どうして？」

「札の傷みも歴史だからって」

「それでも、調査する事になったんだね」

「矢島さんが説得したそうや」

そこに、スタッフの一人がやって来た。

「枚本さん、そろそろ収録時間なんですが、本番でもカルタのデモンストレーション、お願いできないでしょうか？」

「え？　でも本番は紅葉さんと矢島さんの…」

「矢島さん、まだみえてないんです…　携帯にも連絡がつかないみたいで」

「関根さんは？」

「自宅におられるそうなんですが、今からだともう間に合わないので」

「もう！　それならそれで、もっと早《はよ》うに言《ゆ》うて欲しかったわ」

未来子はコナン達との会話を打ち切り、慌ててスタジオを出て行った。

「それではまもなく、本番の収録いきまーす」

スタッフの声が響き渡る。


予定時刻よりかなり遅れて、対談の収録が始まった。阿知波はこういう場に慣れているのか、リラックスしている。

「本日は、わざわざおいでいただき、ありがとうございます…　それにしても、天下の名探偵、毛利小五郎さんを前にすると、緊張してしまいますな」

「い、いやぁ、そんな、私の方こそ、ハハハハ」

小五郎の方は、肩に力が入り、喋《しゃべ》りもややぎこちない。

(緊張してんのは、おっちゃんの方じゃねえか)

離れた場所で見守るコナンは、ニヤリと笑う。

「それにしても毛利さん、事件解決に繋《つなが》る閃《ひらめ》きは、一体どこからやって来るのでしょう?」

「まあ… そのぅ、実を言いますと、あんまりよく覚えておらんのですよ… ハハ」

(そりゃ、そうだろ)

「では、小五郎さんが毎回なさるという、眠りのポーズ、あれには何か意味が?」

「ええっと、まあ、そのう、あれをやると頭が冴《さ》えるというか、推理が当たるというか…」

「験担ぎのようなものですか! いや、それを聞いて安心しました… 私はこう見えて工学部の出身でしてね… 験を担ぐとか迷信の類は一切信じない方だったんですが、ある時、妻の試合前日に車をピカピカに磨きましてね? 妻がその試合に勝ったものだから、もういけない! 試合前日になると、車をピカピカに磨かないと不安になったものです… ところで…」

突然、スタジオのスピーカーから、百人一首が流れ始めた。

『奥山《おくやま》に　紅葉《もみじ》踏《ふ》み分《わ》け　鳴《な》く鹿《しか》の　声《こえ》聞《き》く時《とき》ぞ　秋《あき》は悲《かな》しき』

驚きの表情を浮かべ、阿知波は腰を浮かせる。

「な、何だ、これは？　どこで鳴っているんだ？」

騒然とするスタジオ内だったが、そこに追い打ちをかけるかのように、館内放送が響き渡る。

「先程、大阪府警より緊急避難警告が発令されました」

この放送は、スタジオだけでなく、ビル全体に流れているようだ。

コナンは平次と目を合わせる。平次の顔は、既に探偵のそれに変わっていた。

「各種作業や収録を一時中断し、近くの非常階段から退避して下さい！　繰り返します…」

平次に少しだけ身を寄せた和葉が、不安そうにつぶやいた。

「何やの？　この放送…」

平次が和葉に言った。

「和葉、すぐに非常階段に向かうんや…　ええな」

コナンと平次は、スタジオを飛びだして、廊下に出る。

「何？　爆弾!?」

目の前のドアの向こうから、声が聞こえた。コナンは平次と共に薄くドアを開け、中の様子を覗う。会議室と思《おぼ》しき部屋の中には、困惑顔のＡＤとプロデューサーがいた。携帯を手にしたＡＤが言う。

「大阪府警からの連絡だと、ここを爆破すると脅迫があったそうです」

コナンと平次はドアの前を離れ、廊下を見る。

両側にはドアがずらりと並び、廊下は避難をする人々でごった返している。

(今から爆弾を探すのは無理…)

そのとき、控え室のドアが開き、紅葉が姿を見せた。長身の男性が傍に付き添っている。

「こちらへ、お嬢様」

男は紅葉を先導して、階段を下りていく。

(あの男… 何者だ？)

「コナン君！」

強く腕を掴まれた。蘭だ。

「何してるの！ 早く下りるわよ!!」

有無を言わせず引っ張っていかれる。階段のところには子供達と小五郎がいた。

「大丈夫だ、落ち着け…　みんな、離れるなよ」

小五郎を先頭に、避難する人々に混じって非常階段を下り始める。

平次はまだスタジオに残っているらしい。

(服部、あとは頼むぜ)


スタジオを出た平次は、人影のなくなった廊下に一人立つ。

「よっしゃ、そろそろオレも…」

「平次！」

和葉が階段を駆け上がってきた。

「和葉！　お前、まだこないなところに！　はよ逃げんかい！」

「未来子がおらんねん」

思い詰めた表情で平次の前を通り、さらに上に行こうとする。

「ちょう待てや！　闇雲に走り回ったかて、見つかるもんやない」

「途中までは一緒におったんや…　それが、ちょっと目を離した隙に…」

平次は未来子の言葉を思いだしていた。

『あの札で試合をするんが、会員達の夢なんや』

「和葉、来い！」

平次はそのまま廊下を駆ける。角を曲がり、スタジオへと飛び込む。人気《ひとけ》のなくなった部屋の真ん中に、一人、未来子が立っていた。

「未来子！」

後からやって来た和葉も叫ぶ。

「もう何してんの、はよ逃げんと！」

未来子はケースの中からカルタ札を取りだしていた。

「これを取りに来たんや！　皐月会にとって、大事なもんやさかい」

和葉が駆け寄り、彼女の肩を抱く。

「無茶するわ……さ、はよ逃げよ」

「うん」

その瞬間、目映《まばゆ》い光が辺りを覆い、続いてすさまじい爆風と煙が平次達を襲った。吹き飛ばされ、壁に叩きつけられた平次は和葉の行方を見失う。

「和葉ー！」


コナンがビルから外に出た途端、地面全体が大きく揺れた。

地震か!?

そう思った途端、人々の悲鳴と共に轟音《ごうおん》が響き渡る。見上げると、日売テレビビルの真ん中あたりから、オレンジ色の炎が噴きだしていた。

「おっちゃん!」

「おぅ!」

小五郎は子供達三人を抱え、走り出す。そのすぐ後を蘭も追う。コナンは阿笠博士の発明品、超小型盗聴器を指ではじいた。盗聴器は小五郎の襟元にピタリと貼りつく。それを確認したコナンは、一人、ビルの中に引き返す。

蘭だけがそれに気付いた。

「ちょっと、コナン君!」

二人の間に、巨大なコンクリート片が落下してきた。

「コナン君!」

蘭の声を聞きながら、コナンは人気《ひとけ》のないロビーを横切る。セキュリティーチェックのカウンターを飛び越えると、その後ろにある棚から、スケボーを取りだした。これは阿笠博士の発明品の一つで、ターボエンジンがついている。耳につけたイヤホンからは、小五郎達の声が聞こえる。どうやら、臨場した大阪府警の面々と合流したようだった。

音声を拾いながら、コナンはスケボーに乗り、建物を出る。建物付近は落下物であふれており、今もガラス片などが降り注いでいた。

「服部、巻き込まれたりしてねえだろうな…」


「和葉ー！　大丈夫か」

煙の向こうから和葉の声が聞こえた。

「平次、こっちや」

煙を抜けたところに和葉がおり、倒れた未来子を抱き起こそうとしている。

「和葉、大丈夫か？」

「アタシは平気や…　そやけど、未来子が…」

未来子は出血もなく、大きなケガをした様子もない。

スタジオ内はメチャクチャに破壊されており、壁や天井にも一面に亀裂が入っている。

「早いとこ避難せんと、やばそうやな」

「何があったたん？」

「何者かが仕掛けた爆弾が爆発したんや……　おそらく……」

　未来子が目を開いた。

「未来子、大丈夫？」

「……わたし、何で……」

　和葉が箱に入ったカルタを見せる。

「……これやったら大丈夫や、アタシが持ってる」

「あ、それ……」

　腕を伸ばそうとした未来子の顔が歪《ゆが》み、肩のあたりを押さえてうずくまった。

「未来子、どうしたん？」

「腕が……」

　細かな震動が徐々に大きくなってくる。

「あかん、ここはやばいで！　未来子、動けるか？」

「う、うん」

「和葉、カルタ札みたいなもん、置いていけ」

「あかん、未来子が命がけで守ろうとした札や！　死んでも持っていくねん」

「勝手にせえ」

震動がさらに大きくなり、立っていられない程になった。

「やばい！」

天井の亀裂がさらに広がり、巨大な塊が落ちてきた。


地面に転がるコンクリートやガラス片を避けながら、コナンは建物の周囲を回る。

耳にさしたイヤホンに、小五郎の声が響いた。盗聴器は完璧に作動している。

「状況はどうなってるんだ？」

答えたのは、大滝警部だった。ようやく現場に到着したらしい。

「避難はほぼ終わって、あと中に残ってるんは、平ちゃん達三人だけや」

「三人の居場所は判っているのか？」

「ハシゴ車とヘリからの報告で大体やけれども判ってる⋯　三人は、五階の西廊下付近を進んでいるようや」

がさがさと音がする。誰かが地図を広げているようだ。続いて小五郎の声。

「廊下の先にある扉を抜ければ、非常階段に出られるな」

「そうなんやけど、階段に出る扉が衝撃で開かんようになってるんや」

「な、何だと？」

震える蘭の声が聞こえた。

「ドアを外から破る事はできないんですか？」

「あちこちで火災が起きてて、近付けへんのやわ」

炎はビルの五階付近にまで達しており、吹き上がる黒煙の密度も増している。

「ヘリで屋上から助けに行く事はできないのか？」

「爆発の衝撃で、建物全体の強度が落ちてしまってる…　ヘリが着陸するんは、無理やろなぁ」

「そんなぁ」

蘭の悲鳴のような声。小五郎が言った。

「扉とは反対側、東側の窓を破れば、中に入れるんじゃないのか？　ハシゴ車とか使えば…」

「建物の東側は、爆発で飛び散ったガレキが散乱してる…　車両は近付けへん」

「くそっ」

コナンはスケボーのスピードをさらに上げ、ビルの東側へと向かう。

「しゃーねーか、イチかバチかだが、やってみる！」

突然、頭上を巨大な影が覆った。見上げると、コンクリートの塊がコナン目がけて落ちてくる。

「うおっ」

スケボーを最大速度にして、何とかかわす。コンクリート片が地面と激突し、衝撃と土煙がコナンを襲う。

「もうグズグズしていられねえな」

最大速度のまま、東側の駐車場へと飛びだした。そこにはたくさん車が駐《と》まっている。コナンは勢いを保ったまま車の間をすり抜け、階段の向こうに駐まっているハシゴ車に向かう。スピードは充分だ。

(ぶっつけ本番かよ!)

階段の手すりにスケボーごと飛び乗ると、一気に駆け上がる。そのまま空中へと飛び上がる。ハシゴ車がぐんぐん迫ってくる。バランスを取りながら、ハシゴを発射台代わりにしてさらに駆け上がった。

「いけぇぇぇ」

スケボーと共にコナンの体は、地上二十メートルにあった。真正面には、ビル五階の窓がある。

「やるっきゃねえ」

コナンは体を丸め、キック力増強シューズについたメモリを最大値にする。シューズが金色の光を帯びる。続いてサッカーボール射出ベルトのスイッチを押す。ボールの大きさは様々に調整できるが、今回は直径20・5㎝、四号球の大きさだ。

チャンスは一度きり。

「はぁぁぁぁぁ」

空中で回転しながら、オーバーヘッドの要領でサッカーボールを強く蹴る。完璧な手応えとともに、ボールは猛スピードで廊下を突き進んでいく。

ボールは廊下奥にあるガラス窓に激突、回転と共にガラスを粉々に打ち砕いた。

平次は非常ドアを懸命に押した。ここを出れば、非常用の外階段がある。三人共、無事に避難する事ができるのだ。

しかし、爆発による建物の歪《ゆが》みの為か、ドアは微動だにしない。ドアノブはすでに熱を持っていて触ることはできず、道具なしで分厚い鉄扉を破る術《すべ》もない。

煙は濃さを増し、和葉も咳《せき》込《こ》み始めた。未来子はぐったりとしたまま、壁にもたれかかっている。

「くそっ、ここさえ開けば…」

平次はドアを蹴り上げる。未来子が、か細い声で言った。

「ごめんね、わたしのせいで…」

「平次、何とかならんの？　名探偵やろ？」

「ああ、任せとけ…　と言いたいところやが、今回ばかりはお手上げや」

「そんな…！」

「けど、あきらめんのは早いで！　名探偵はもう一人おるからな」

「え!?」

平次は、廊下反対側にある窓を見た。

そこに、スケボーに乗って宙を舞う江戸川コナンの姿があった。

（やっぱりな、工藤…　頼りになるで）

「和葉、未来子、壁際に寄って、伏せるんや」

「え？」

ガラスの砕ける音と共に、矢のような速度でサッカーボールが飛びこんでくる。煙を蹴散らしながら、ボールは一直線に廊下を進み、鉄の扉に激突、ギリギリと高速で回転を始めた。金属の軋む音がして、ドアが押しだされていく。

（よっしゃ、行ける！）

ガガンともの凄《すご》い音をたて、ドアが開いた。すさまじい風が吹きこんでくる。

和葉が髪を押さえながら叫ぶ。

「な、何やの？」

「びっくりすんのは後や！　いくで！」

ボールがドアを破ったのを確認したものの、コナンの体はバランスを失い、キリキリと回りながら落下していった。腕時計からワイヤーを射出し、ハシゴにひっかける。そのとき、ビルの四階部分で爆発が起き、外壁が吹き飛んだ。爆風をもろに受けたコナンは、何とかワイヤーにしがみつく。コンクリートの小片が飛んでくる為、手で顔を覆い、メガネを守る。ワイヤーが張りきって、腕に軽い衝撃がくる。コナンは今、ハシゴに吊られたまま、振り子のように左右に揺れている。頭上では、炎が激しく噴き上げ、ビル自体の崩壊が近付いている。このままだと、倒れてきたビルに潰されてぺしゃんこだ。

コナンは体を使って、振り幅を大きくし、さらに勢いをつける。

ハシゴ側に最も振れたところで、ワイヤーを切断、再び宙に飛んだ。必死に手を伸ばし、ハシゴを摑む。一刻の猶予もなかった。ハシゴの手すりを滑り降り、一回転して地面に着地、傍に転がっていたスケボーを抱え、走りだした。

ケガをしている未来子に肩を貸し、平次は非常階段を下りていく。煙はやや薄くなったものの、上部では不穏な爆発音が続いていた。

階段が軋み、傾いた。

「あっ」

後ろにいた和葉がバランスを崩し、手すりを乗り越えそうになる。危ないところで、平次は彼女の手を取った。

「あと少しや、急ぐで」

先に進もうとした平次だったが、階段がすっぽりと消えていた。外壁が崩れ、階段も一緒に落下したのだ。

遙か上で、激しい爆破が起きた。建物全体が小刻みに揺れている。

完全に崩れるぞー！

「平次！」

和葉が頭上を指さす。階段が崩れ、平次達の頭に覆い被《かぶ》さってきた。金属のひしゃげる、嫌な音が響き渡る。

「二人共、飛ぶんや」

「え？」

「早《は》よう！」

二人を手すりの向こうに突き飛ばす。最後に自分も宙に舞った。平次の足が離れた瞬間、階段は大きな音と共に、完全に崩れ落ちた。

薄い煙に覆われ、平次は落下していく。煙が晴れたその先に、巨大なエアマットが待っていた。和葉、未来子と共に、マットの上に落ちる。

「ふぅ、間一髪や」

三

駐車場に戻ったコナンに、さっそく蘭の雷が落ちた。

「もう、コナン君、どこ行ってたの？　心配したじゃない！」

「ごめんなさい、途中ではぐれちゃって…」

駐車場には救急車が駐まり、駆けつけた医師達による治療も始まっていた。幸い、重傷者は今のところ、いないようだった。

駐車場には、コナン達の他に、阿知波研介や大岡紅葉の姿もある。そこに、担架にのせられた未来子が運ばれてきた。右腕を押さえ、痛むのか顔をしかめている。担架の後ろには、平次と和葉の姿もあった。蘭が和葉を見つけ、コナンへの説教を打ち切って、駆け寄っていく。

「和葉ちゃん！」

「蘭ちゃん」

二人が抱き合っている後ろで、阿知波がそっと未来子の寝ている担架に歩み寄った。

「枚本君」

「会長…」

「何て無茶な事を…」

和葉がカルタの入った箱を出す。

「未来子の事、怒らんといて下さい…　彼女はこれを守りたい一心で」

阿知波の顔に驚愕《きょうがく》が広がった。

「そ、それは…」

「皐月会にとって大切な札やと聞きました…　未来子はこれを持ちだそうとして、爆発に巻き込まれたんです」

「枚本君…」

阿知波の目の前で、担架は救急車に乗せられていく。阿知波は、心ここにあらずといった体《てい》だ。

「そのカルタ札、私が」

紅葉の後ろに控えていた長身の男が音もなく進み出て、うやうやしく両手を差しだした。

和葉から箱を受け取ると、割れ物でも扱うように白いハンカチで包む。

それを見た紅葉がうなずく。

「頼みましたで、伊織《いおり》」

(伊織？　あの男、大岡紅葉の何なんだ？)

コナンは顔を写真に撮ろうとしたが、男には全く隙がない。紅葉の斜め後ろに立ったまま、鋭い目で辺りに注意を払っている。

未来子を乗せた救急車がサイレンと共に遠ざかる。

それを見送った阿知波が言った。

「こんな事になってしまって…　今年の高校生皐月杯争奪戦はやはり…」

その言葉を紅葉が制した。

「いいえ、中止やなんてあきません！　札が燃えてしもたんならともかく、彼女のおかげで、ここにこうしてあるんです…　この札がある限り、開催すべきなんとちゃいますか？」

「大岡君、しかしねぇ…」

コナンはそっと皆の後ろを回り、平次に近づいた。

「大変だったな」

「お前のおかげで助かったで」

「この爆破事件、何だか奥が深そうな気がするぜ」

「ああ、オレもそう思う」

紅葉の剣幕に圧《お》され、阿知波が困り果てた様子で、額の汗を拭った。

「判った、判った…　君がそこまで言うのなら、矢島君達とも相談して…　そう言えば、矢島君はどうしたんだ？　まだ何の連絡も…」

阿知波の携帯が鳴った。

「もしもし…　はい、え？　京都府警？」

その顔がみるみる強《こわ》ばっていく。

「何だって、矢島君が!?　わ、判りました、すぐに向かいます」

阿知波が携帯を切る。その手はかすかに震えていた。紅葉が尋ねる。

「会長、何かあったんですか？」

「矢島君が……矢島君が殺された……」

「ええ!?」

コナンは平次と目を合わせる。

「危ない、退避！」

消防隊員の声が響く。振り返ったコナン達の前で、日売テレビのビルが音を立てて崩れ落ちた。

四

コナン達が車から降り立った時、京都、矢島邸の周りは、まだ物々しい気配を残していた。広大な屋敷の門前には黄色い規制線が張られ、制服姿の警官が二人、コナン達が乗ってきた黒いライトバンに不審げな目を向けている。

車から出た小五郎が阿知波研介と共に、警官達に近づく。

「ちょっと何だ、アンタ達は」

「阿知波研介さんを連れてきたんだよ、大阪府警から許可をもらって」

警官は顔を見合わせる。

「大阪府警？」

「阿知波？」

小五郎は苛立《いらだ》ちを隠そうともせず言う。

「大阪府警の大滝《おおたき》警部に連絡してくれ！　あっちはあっちで大変なんだよ……　日売テレビビルの爆発、聞いてないのか？」

「そ、そんな事、言われましても……」

「ああ、その人達やったら、通してもかまへんで」

もの柔らかで、はんなりとした声がした。門の向こうから、色白の男が姿を見せる。スーツの胸ポケットから顔を覗《のぞ》かせているのは、シマリスだ。

「警部！」

制服警官二人は慌てて敬礼する。

「お久しぶりですな、毛利探偵」

「おっ、アンタは……　えーっと、たしか……」

見かねたコナンが小五郎の足元から顔を出した。

「京都府警の綾小路文麿《あやのこうじふみまろ》警部」

綾小路は口をすぼめて、フフフと笑う。

「やっぱり、あんさんも一緒でしたか」

小五郎は面白くなさそうに、コナンを見下ろす。

「大体、何でお前がここにいるんだ？　蘭達と一緒に病院へ行ったんじゃなかったのか？」

「ごめんなさい！　ボク、どうしても京都に来たかったんだ」

「バカ野郎、観光じゃねえんだぞ」

激しいブレーキ音と共に、平次のバイクが到着した。ヘルメットを外し、規制線の前に立つ。

綾小路は扇子で口元を隠しながら、

「おやおや、西の名探偵までお出ましですか…　オールスターですなぁ」

そんなやり取りには耳も貸さず、阿知波は勝手に規制線をくぐり、中に入っていく。

「ちょっと…」

止めようとする警官を、綾小路は制した。そして、コナン達にも入るよう促す。

丹精に手入れされた庭を通り、敷地の北側にある土蔵へと向かう。阿知波は来た事があるのだろう、迷う事もなくまっすぐ土蔵まで来ると、靴を脱ぎ、上がる。途端にみしりと床が軋んだ。

右側には壷《つぼ》などの骨董品が並び、真正面には大きなテレビモニター。思ったよりも広く、ちょっとしたマンションのリビングくらいはある。

「うっ」

阿知波が声を詰まらせ、立ち竦《すく》む。

男が仰向けに倒れ、そこから流れ出たどす黒い血が床を染めていた。

鑑識作業はまだ終わっておらず、数人の課員が写真を撮ったり、証拠品を集めたりしている。

一番最後に入って来た綾小路が、口を開いた。

「被害者の矢島俊弥は、灘《なだ》に拠点を置く造り酒屋『矢島酒造』社長の次男…専務という役職はもらってはいるが、実際、経営には全く関わっておらず、趣味で始めたカルタに没頭していたようです」

平次が遺体を見下ろして言った。

「ええとこのボンボンやった、ちゅう事か…道理で、これだけの家に住めるはずや」

「死亡推定時刻は午後一時頃《ごろ》…　遺体発見時刻は、午後三時過ぎ」

　コナンは言った。

「三時過ぎといえば、ちょうどボク達が日売テレビに着いた頃だね」

「発見者はお手伝い…　三時にお茶を持って来て、死体を見つけた…　状況を見る限り、被害者は強盗に殺害されたようですな」

「強盗だって？」

　声を上げたのは、阿知波である。

「室内は物色されており、被害者の財布も中身が抜かれています…　何者かが金品目的で土蔵に侵入、矢島さんと鉢合わせをして、とっさに、そこに置いてあった日本刀で撲殺…　その後、金をとって逃げた…　そんなところでしょうか」

　綾小路の見解に、小五郎もうなずく。

「ふむ…　見たところ、被害者はカルタをやっていたようですな」

「日課の練習をしていたのでしょう」

　綾小路は、スピーカーに接続されているスマートフォンを示して言う。

　阿知波がため息まじりに言う。

「練習用に録音したものだ…　我々の時代はカセットテープ、その後CDになり、今はスマートフォン…　音声をダウンロードして、それをランダムで再生する…　矢島君はいつもそうしていた」

小五郎は、セットされているスマートフォンとスピーカーを確認する。その際、どこかスイッチに触ったようだ、百人一首が大音量で流れだした。

『君《きみ》がため　春《はる》の野《の》に出《い》でて…』

「ありゃ、あれ？　これ、どうやって止めるの？」

平次がスマートフォンを取り上げ、操作する。歌は止まり、土蔵の中にホッとした空気が流れる。

「警部さん、この現場、ちょっと調べさせてもらうで」

「鑑識の作業も終わってるさかい、お好きなように…　ただし…」

綾小路は、コナンを見下ろす。

「源氏蛍《げんじぼたる》の事件の時のような犯人扱いは、ごめんやで？」

（ずいぶん前の事を、根に持っていやがんなぁ…　それにあれは、オレじゃなくて、小五郎のおっちゃんの推理だっつーの）

「この凶器の刀は、回収させてもらいます…　ほな、ごゆっくり」

綾小路が、鑑識から証拠品袋に入った刀を受け取り、土蔵を出て行く。

小五郎は、それを憮然《ぶぜん》とした表情で見送る。

「ごゆっくりって…　どう見たって、強盗の仕業だろうがよ」

阿知波が申し訳なさそうに、頭を下げた。

「毛利さん、私がお呼びしたばかりに、大変な事に巻きこんでしまいました…　申し訳ない」

「あ、いや、いやいや、別に阿知波さんのせいでは…　しかし、こうなった以上、この名探偵毛利小五郎、全力で事件解決に当たる事をお約束しましょう」

(やれやれ、かえって面倒な事になりそうだな…)

そんな事を思いつつ、コナンは阿知波に近づいた。

「ねえねえ、あそこにあるカルタやCDは、矢島さんの物なの？」

「ああ、そうだよ…　彼はカルタの歴史などにも興味を持っていたからね」

さっそく、小五郎が食いついた。

「もしかすると犯人の狙いは、そこにあったのかもしれませんな」

「と、いいますと？」

「犯人はここに保管されている品々を盗み、金に換えようと考えた」

「それはないでしょう…　カルタをする者にとって貴重なものは多少、あるかもしれないが、金銭的な価値はほとんどないものばかりです」

「犯人はそれを知らなかった……　そこで、そこら辺にあるものを手当たり次第に壊し、現金だけ盗んでいった」

（普通に考えたら、そうなるよな……）

コナンはそうつぶやきながら、平次と共に遺体の傍に寄る。

「ん？」

まず気になったのは、右手だ。何かを握っていたかのように、指が曲がっている。

さらに、その指先にはかすかだが、血痕が付着していた。

平次が小声で言った。

「お前も気ぃ付いたか、工藤」

「この右手に付いている血痕……」

「指先に向かってかすれてんなぁ……　血ぃの付いたもんを握り締めとって、誰かがそれを無理やり引っ張り、取り出した……　そんな感じやなぁ」

「この場所で血の付いたものというと」

二人の前には、血だまりのできた床に散らばるカルタ札があった。

「カルタ札か……」

「ダイイング・メッセージか何かのつもりで握り締めた…　それに犯人が気ぃ付いて…」

「散らばった札の中に紛れ込ませた」

「木の葉を隠すのなら森ん中か、上手い事考えよったな…　こん中から、その札見つけんのは、骨が折れるで」

コナンは、散らばった札の写真を撮っていく。

「おい工藤、写真撮ってどないするつもりや？」

「こうすんのさ」

コナンは、衣装戸棚の後ろに移動し、携帯を操作する。すぐに応答があった。いつものように、どこか不機嫌そうな声。灰原哀《はいばらあい》である。彼女もまたコナンの同級生だが、一つ大きな秘密がある。彼女の本名は宮野志保。元々は黒ずくめの組織の科学者で、新一を小さくした毒薬・アポトキシン４８６９の開発にたずさわっていた。だが、姉を組織に殺され、反抗。組織に追い詰められ、自らの命を絶つ為に飲んだ毒薬により、彼女もまた子供になってしまった。名を灰原哀とした彼女は奴らの目を逃れる為、阿笠博士の家に住んでいるのだ。

「あなたねぇ、連絡もよこさないで、一体何してたの？　博士、ものすごく心配してるわよ」

「悪いな、灰原…　こっちもいろいろ大変でさ…　で、博士は？」

「今は学会に行ってるわ…　あなた達から連絡があったらすぐ知らせろって」

「そっか…」

「それで、用件は何なの？　ただ無事を知らせてきた訳じゃないでしょ？」

「今、写真のデータを送った」

「…来たわ、って何これ？　血まみれのカルタ札じゃない！　それも何十枚も」

「詳しい事は後で話す…　そのカルタを調べて、被害者が握り締めていた札を突き止めて欲しいんだ！　オメー、そういうの得意だろ？」

「はあ？　爆破事件に巻き込まれたと思ったら、今度は血染めのカルタ札…　まさか、また別の事件に巻き込まれたとか？」

「そのまさかだよ」

「あなたが事件を呼んでいるんだか、事件があなたを呼んでいるんだか…　とにかく、カルタ札の方はやってみるわ…　少し時間をちょうだい」

「頼りにしてるぜ！　じゃあな」

携帯をしまうと、コナンは遺体の脇で難しい顔をしている平次のもとへと戻る。

「どうした？　まだ何かあんのか？」

「あの血だまりに落ちてるリモコンや」

コナンも見て、ハッとする。

「血ぃの飛び散り具合から見て、被害者が殴られた時、リモコンはすぐ傍にあったはずや……カルタの練習してたモンが、何でテレビのリモコンを傍に置いてたんや？」

コナンはテレビ台上のモニターを確認し、言った。

「ねぇねぇ、このテレビ、アンテナに繋《つな》ってないよぉ」

阿知波と話していた小五郎が顔を顰《しか》めつつ、振り返る。

「こら、こんな時にテレビなんて……」

阿知波がそれを制して言った。

「それは、ビデオやＤＶＤを再生する為に置いてあったものだよ」

「ふーん」

コナンは、テレビのスイッチを入れ、ＤＶＤプレーヤーの再生ボタンも押す。

画面に、大岡紅葉の姿が映しだされた。試合を終えた直後なのか、試合に使った札を集め、阿知波にカルタ札を手渡している。

阿知波が言った。

「これは、昨年の高校生皐月杯争奪戦だ」

「映っている女の人は、テレビ局にもいたよね」

「大岡紅葉君だ」

「矢島さんは襲われる直前まで、このDVDを観ていたんだよ」

小五郎はフンと鼻を鳴らした。

「何をバカな事言ってんだ！　被害者はカルタの練習をしていたんだぞ？　DVDなんて、観る訳ないだろうが！　やはり、警察の見立て通り、強盗ってところですなぁ……証拠も複数残っているようですし、捕まるのも、時間の問題でしょう」

阿知波は何とも複雑そうな表情でうなずいている。

コナンはリモコンのボタンを押し、中のDVDディスクを取りだした。

「あ、DVDに何か書いてあるよ」

ディスクの表面に、油性ペンによる手書きで「高校生皐月杯争奪戦決勝　二十」とある。

後ろから覗《のぞ》き込んだ阿知波が、眉を顰《ひそ》めながら言った。

「字は矢島君の手によるものだ」

「でも、最後のところに番号があるよ…　二十って書いてある」

「何の事だろうねぇ…」

平次が壁の一角を見据え、言った。

「通し番号かもしれんな…　同じようなDVDがあと十九枚、あるのかもしれんで」

「しかし、鑑識が調べても、そんな物はなかったんだろう？」

小五郎が耳をほじりながら答えた。その横をすり抜け、コナンは部屋の南側の壁に歩み寄る。その一部に、周囲と微妙に色の異なる部分があった。手で触れてみると、わずかだが段差がある。

「あれぇ、ここに何かあるよ」

「何ぃ？」

小五郎がコナンの指したところに触れる。

「お！　これは…」

段差の部分に指をかける。すると、壁板の一部が外れ、正方形の穴が開いた。

「隠し戸か…」

小五郎が腕をつっこみ、中の物を取りだす。かなりの数のDVDディスクだった。表面には、やはり矢島の筆跡でタイトルと番号が振られている。小五郎は何枚かを阿知波に渡した。

「これは、五年前の皐月杯争奪戦決勝…　こっちは、七年前の高校生皐月杯争奪戦決勝…　皐月会主催の二大会、それも決勝戦ばかりだ…　十年分ある」

「何だってそんなものを？」

「練習の為でしょうな…　決勝の試合は、当然、ハイレベルなものになります…　選手の技や駆け引きのやり方、札の並べ方など、観るだけで参考になる事が多い」

「そやけど」

平次が言った。

「何であんな場所に隠してあったんや？」

「さあ？　試合の映像は会の者が撮影したもので、希望者には無料で配布している…　隠すようなものではないのだが」

「とりあえず、全部、警察に預けて、確認してもろた方がええやろなぁ」

鑑識課員がディスクを袋に入れ、持っていく。一方、別の二人が、遺体に覆いをかけていった。現場検証も、終了のようだ。

その時、門の方から車のブレーキ音が聞こえてきた。続いて、警官の声。

「ちょっと、何ですか、あなた」

「皐月会のモンや！　ちょっと通してもらうで」

阿知波が顔を上げる。

「この声は…」

土蔵の入口に、派手な身なりの男がやって来た。

「阿知波会長、すんません、遅なってしもて」

「関根君！　君の方こそ、大丈夫なのかね？　連絡が取れなかったので心配していたんだ」

「いやあ…　昨夜《ゆうべ》深酒して寝込んどったんですわ、携帯も切ったままで…　それにしても、何でこんな事に…」

「強盗に…　やられたらしい」

「矢島さん、昔、合気道か何かやってはったんでっしゃろ？　前も言《ゆ》うてはったんや、強盗とかが来ても、撃退したるって」

「それがよくなかったのだろう…　入口脇にあった刀で…」

「生兵法《なまびょうほう》はケガのもとやって言《ゆ》うたんやけど、まさか、ホンマに…」

「よう口の回る人やな…　あんさん、お名前は？」

綾小路が戻ってきた。

「あ、こら失礼！　皐月会の会員で、カメラマンやってる関根康史いいます」

ったのだ」

阿知波が言った。

「関根君は、矢島君のライバルでね…　この二年、皐月杯決勝は、この二人の対決だったのだ」

「二年共負けましたけどね…　今年こそはと思てたんやけど…　あ、そんな事より、会長、日売テレビが爆破されたてほんまですか？　もう、一体、何が何やら」

「それは我々も同じだよ」

「それで、例のカルタ札は？」

「無事だった…　枚本君のおかげだ」

「枚本未来子ですか？　へぇ、あいつ、やりおりますなぁ…　それやったら、今度の高校生皐月杯争奪戦、開催できますな」

「その件だが、どうしたものかと…」

「会長、あきまへん…　こういう時でっさかい、開催せなあきまへんのや！　ここで止めたら、矢島も無駄死に、殴られ損や」

「関根君、少し口を慎みたまえ」

二人のやり取りに、綾小路が割りこんだ。

「関根さん、こちらへ来ていただけますか…　いろいろとお尋ねしたい事があるもので」

「はいはい、何でも答えまっせ」

二人が土蔵を出て行くと、阿知波が皆に頭を下げた。

「いや、申し訳ない…　悪い男ではないのだが…」

小五郎が欠伸《あくび》まじりに言った。もう事件は完全に片付いた気になっているようだ。

「さすが皐月会、いろんな人がいらっしゃいますなぁ」

「毛利さん、関根君とも会えたし、そろそろ、病院の方へ…　大岡君の事も心配だ」

「判りました！　では、参りましょうか」

二人をやり過ごし、土蔵に残ったコナンと平次は、顔を見合わせながら、ニヤリと笑う。

「工藤、聞いたか？」

「ああ」

「オレ、犯人判ってしもたかも」

「オレもだ」

小五郎の声が響いてくる。

「こら、小僧！　早く来い！」

「はーい！　服部、オメーはどうする？」

「オレも病院に行くわ…　あいつが心配やからなぁ」

そう言い置くと、平次はバイクの方へと走っていった。和葉の事を本気で心配しているのだろう。

一人残ったコナンは庭に出ると、殺人現場となった土蔵を振り返る。

犯人はあの関根という男で間違いない。だが、何か引っかかる。何故だ？　何故なんだ？

## 五

日売テレビ近くの病院は、ケガを負った人々であふれていた。

毛利蘭は、待合室にある五人掛《が》けの椅子に並んで座る子供達に、声をかける。

「三人共、本当に何ともないのね？」

光彦が力強くうなずいた。

「はい！　ちゃんと先生の診察も受けましたし、検査もしました」

歩美が心底、ホッとした様子だ。

「注射されなくてよかった」

元太はいつもと変わらない。大きな腹をポンと叩いて、左右を見回している。

「大丈夫と判ったら、腹減っちゃったよ…　ああ、いつになったら、タコ焼き食えるんだ？」

「もう少し我慢して？　お父さん達が戻って来たら、みんなで食べにいこ」

「いつ戻ってくんだよ」

歩美が表情を曇らせる。

「コナン君もいなくなっちゃうし」

光彦はあきらめ顔だ。

「散々なお休みになっちゃいましたね」

言葉に詰まった蘭は、柱にぼんやりともたれている和葉に言った。

「遅いね、未来子ちゃん」

救急車で運び込まれた未来子は、蘭達とは別に検査と治療を受けていた。面会したいと申し出ると、看護師からここで待つよう言われたのだが…

和葉は不安を隠せないでいる。

「命に別状はないいて、お医者さんは言《ゆ》うてたけど…」

その時、傍の診察室のドアが開き、未来子が姿を見せた。頭に包帯が巻かれ、右腕を吊っている。

和葉が駆け寄る。

「未来子、その頭の傷、どないしたんや」

「心配せんとって、飛んで来た破片が当たっただけやから…　念の為に、精密検査を受けててん…　結果は異状無しやって」

「よかったぁ！　ほな、すぐ帰れるんか？」

「それがあかんみたい…　明日また検査があるんやて」

「頭の傷の検査は、もう済んだんやろ？」

「うん…　でも、こっちがまだやねん…」

右腕に目を落とす。

「折れてはいないんやけど…」

目から涙があふれだした。

「しばらく動かしたらあかんねんて…　これやったら、カルタが…」

札を取る動作をしようとするが、痛みに手首を押さえ、うずくまってしまう。

「未来子！」

「罰が当たったんやわぁ…　カルタ札取りに戻って、和葉や服部君を危険な目に遭わせて…」

「何言《ゆ》うてんの！　あれは皐月会にとって大切なカルタやったんやろ？　それを未来子が守ったんや！　みんな、アンタに感謝してるはずや」

「でも…　この腕では、大会に出られへん…」

「残念やけど、それはあきらめんとなぁ…　でも、試合は来年もあるんやろ？」

　未来子は首を左右に振る。

「あかんのや…　今回の試合で優勝できんかったら、カルタ部、無くなるねん」

「無くなるって…　部員数は足りてるはずやで」

「和葉が幽霊部員やていう事が、バレてしもてな？　ほんまはすぐに廃部という決まりなんやけど、何とか頼みこんで、一か月だけ延ばしてもろたんや…　今度の高校生皐月杯争奪戦でわたしが活躍したら、入部希望者も出てくるはずや！　そしたら、部活は続けられる」

「アンタ、そこまでカルタ部の事を…」

「わたしの代で部活を潰す訳にはいかへん！　そやのに…　この腕では…」

「未来子以外に、出られそうな部員はおらへんの？」

「和葉も知っての通り、わたし以外は、まだカルタを始めたばかりや…　出たとしても、一回戦でやられて…」

未来子の目に光が宿る。ハッとした表情で、和葉を見上げた。

「和葉、アンタや！　アンタが出て！」

「え？　アタシ？」

「そうや！　アンタがわたしの代わりに、我が改方学園の代表として出るねん」

「ええ!?」

蘭がきく。

「和葉ちゃん、試合とか出た事あるの？」

「ないない」

「けど、いつもわたしの練習相手になってくれてるやん！　百人一首も、頭に入ってるやろ？」

「せやけど…」

「それに、和葉やったら、体力はバッチリやし、反射神経もある、負けん気も強いし、どんな相手でも物怖《ものお》じせえへん、妙な図々しさもあるしな」

「全然、褒《ほ》められてる気がせえへんのやけど」

蘭は、携帯のカレンダーを確認して言う。

「でも、試合は明後日よ」

「これから特訓すれば、何とかなる！」

「フフフ」

上品でありながら、どこか冷たい感じの残る、そんな笑いが曲がり角の向こうから聞こえてきた。振り返ると、大岡紅葉がすっと姿を見せた。

「紅葉…さん」

「素人が大会に出て、優勝を狙わはるんですって？　いっその事、百人一首やなくて、いろはガルタにかえてもらいましょかぁ？」

未来子は気色ばむ。

「バカにせんといて！　和葉の技量は、いつも練習してるわたしが一番よう判ってるんや！　試合経験はないけど、間違いなくA級クラスの腕前やで」

「へぇ～　この子がそうなんですなぁ…」

紅葉は穏やかな動きで和葉の前に立つと、真正面から顔を覗《のぞ》き込んだ。

「アンタ、平次君と同じ高校の…」

「遠山和葉や！　平次とはちっちゃい頃からいつも一緒で、平次はアタシの…　アタシの…」

和葉は顔を赤くして、そのまま黙り込んでしまう。

代わって子供達が口々に喋《しゃべ》りだした。

「大好きなんだよね」

「見てたら判ります」

「バレバレだぞ」

「コラ、口挟まんといて!」

紅葉はそんなやり取りを見て、くすりと笑う。

「しのぶれど… やなぁ」

「え?」

「幼なじみで恋愛ごっこ、ほんま、なごみますわぁ」

「な、何やてぇ? あ、アンタこそ、スタジオで初めて会った時、妙な事言うてたな? 未来の旦那さんがどうとか… あれは…」

「言葉通りの意味です」

「そやけど平次は、アンタの事なんて知らん言うてるで」

「二人でなんぼ話してても、らちがあきまへんな… ほんなら、こうしましょか?

明後日の大会で優勝した方が、平次君のお嫁さん第一候補！　先に告白して、平次君をゲットする…　これで、どないです？」

あまりの事に、蘭をはじめ一同、言葉も出ない。

未来子が紅葉に詰め寄る。

「紅葉、それはいくら何でもやり過ぎや」

蘭も同じ思いだ。

（そうよ…　和葉ちゃん、こんな…）

「判った！」

（え⁉）

「その勝負、受けたるわ！」

腰に手を当て、和葉は決然として言い放った。

今度は一同が驚く番だった。

「ええ⁉」

そんな中でも、紅葉はいつものペースを崩さない。

「その勢い、試合当日まで持つとええですけど…」

「アンタこそ、アタシと当たる前に負けんときや」

「ほんならウチはこのへんで…　これから行くネイルサロンで、平次君に告《こく》る言葉、考えなあかんから…」

礼儀正しくお辞儀をすると、紅葉は再び角の向こうへと消える。

紅葉の姿がなくなっても、和葉の怒りは収まる気配もない。

「むぅ…　腹立つわぁ、あの女」

「そんな怒らんといて？　ちょっときついけど、根はええ娘《こ》なんやから…　今も、わたしの事心配して、ここまで来てくれたんやと思うわ」

「そやろか？　ただ、嫌味言いに来ただけのように見えたけどなぁ」

元太がつぶやいた。

「確かに、ちょっと怖そうな姉ちゃんだったよな」

歩美がうっとりとした目で続く。

「でも、美人さんだったよね」

とどめは光彦だ。

「あんな人に告《こく》られたら…　メロメロになっちゃうんじゃあ…」

和葉の不穏な視線に気づいた光彦は、慌てて付け加える。

「あ…　でも、お似合いなのは、和葉お姉さんだけですよ」

「ほんまか？」

「ほんま、ほんま」

微笑みながらやり取りを眺めていた蘭は、廊下の隅に何か落ちている事に気付いた。拾い上げてみると、パスケースだ。

（これ、多分、紅葉さんの…）

中を開くと、一枚の古い写真が入っていた。子供が二人写っており、一方は間違いなく服部平次。そして何故か彼と指切りをしている少女は、大岡紅葉に間違いない。

（これって、どういう事？）

「蘭ちゃん、どうかしたん？」

和葉が首を傾げながら、きいてきた。

「え？　ううん、何でもない」

こんな写真を見せる訳にはいかない。とっさにパスケースを隠す。

「そ、それより、お父さん達、遅いね…　何してるのかしら」

「ほんまや…　平次からは何の連絡もないし」

和葉が携帯を確認している。着信もメールも入っていなかったのだろう、ため息をつき、肩を落とす。

病院の駐車場にバイクを駐めた平次は、待合室に向かおうとして、足を止めた。玄関から、大岡紅葉が出てきた為だ。彼女の前には、黒塗りの外車が駐まり、運転席から降りて来た長身の男が、彼女の為にドアを開く。紅葉達は、平次に気付いてはいない。

車はそのまま、走り去っていく。

(あいつ、どっかで会《お》うた気がすんのやけどなぁ)

懸命に記憶を辿《たど》るが、どうしても思い出せない。

平次は再びバイクのエンジンをかける。病院の方を見るが、待合室は混み合っていて、和葉がどこにいるのかは、判らなかった。

(すまんな、和葉)

平次は紅葉の車を追って走りだす。

病院の駐車場で車から降りたコナンは、小五郎や阿知波と共に、待合室に入った。すぐに蘭達の姿が目に留まる。

蘭の表情がホッと緩むのが判った。

「お父さん、コナン君！」

小五郎が頭をかきながら言った。

「いやあ、遅くなってすまん」

「京都の事件は、どうなの？」

「ただの強盗事件だ…　この俺様がすぐに解決してやるさ」

そんな小五郎を押しのけるようにして、阿知波が未来子のもとに向かう。

「枚本君、今回は大変な事に巻きこんで、申し訳なかった…　この通りだ」

阿知波は深々と頭を下げた。

「そ、そんな、止めて下さい！　会長のせいじゃありませんから」

「しかし、大事な大会の前にケガを…」

「それだったら、もう解決しましたから」

「何？」

「わたしに代わって、和葉が出場します」

「よろしくお願いします」

「そ、それは…構わないが、君、遠山和葉さんだったかな？　カルタの経験は…？」

「試合に出た事はありませんが、いつも、未来子と練習していましたから」

阿知波は呆気《あっけ》にとられたまま、返す言葉もないようだった。それはコナンも同じだった。

(何が、どうなってんだ?)

そこに元太が走り出て言う。

「さあ、コナンも戻って来た事だし、飯、食いに行こうぜ!」

光彦、歩美の顔も輝いた。

「そうですね。ボクもお腹《なか》が空いちゃいました」

「歩美、お好み焼きが食べたい!」

手持ち無沙汰げに壁にもたれていた小五郎も、ホッとした表情で言う。

「そうだな、それじゃここはひとつ…」

「待ったぁ!」

和葉が、入口で仁王立ちとなっている。

「のんびり食事している暇なんてあらへん! これからホテルに戻って、みんなで特訓や!」

平次の携帯に着信があった。和葉からだった。何度か着信があったのだが、なかなか出る事ができなかったのだ。

（あいつ、怒ってるやろなぁ）

「何や、和葉」

「もう、何ややないわ！　どこにおるん？」

「悪いな、ちょっと野暮用でなぁ…　今夜はそっちに行けそうにないわ」

「何やのん、それ…　特訓に付き合《お》うてくれへんの？」

「特訓？　何の特訓や？」

病院の廊下で、紅葉とやりあった事を聞く。

「成り行きでな、そうなってしもてん」

「成り行きて…　お前、カルタの試合なんて出た事ないやろ？」

「そやから、特訓するんやないの！　子供の頃、平次もカルタやってて、めっちゃ強かったやろ？　そやから、相手してもらおうて思ってたのに…」

「そういえば、小学生の頃、どっかのカルタ大会に飛び入りした事があったな」

「アタシはよう覚えてるで！　平次、いきなり優勝してしもてな」

「そんなん、すっかり忘れとったわ」

「その平次の試合見て、アタシ、カルタに興味もったんや…　百人一首とか…　そんなん今はどうでもええ！　平次、どうしても来られへんの？」

「ああ、すまんなぁ」

「ま、しゃーないな…　ほな、切るで」

通話の終わった携帯を、平次はしばらく眺めていた。

バイクにもたれ、顔を上げる。目の前にはどこまでも続く塀と立派な門があった。

門柱の表札には「大岡」とあった。

平次はふと思いつき、再び携帯を出した。耳に当て、相手が出るのを待つ。応答があった。

「急なこってすまんのやけど、頼みたい事があんのや」

六

コナン達が通されたのは、ホテル六階にある宴会場だった。十五畳と八畳、二つの畳部屋がある。

和葉が驚きの声を上げた。

「うわっ、むっちゃ広いわ！　こんなとこ、使わせてもろてええんやろか」

荷物を置きながら、蘭が答えた。

「園子がとってくれたの…　練習に使うカルタやCDも、全部好きに使っていいって」

大部屋のテーブルには、練習用のカルタ、CD、プレーヤーなど一式がまとめて置いてある。

「そやけど、園子ちゃん、今回は一緒やないんやな？」

「昨日までは一緒だったのよ…　だけどいろいろあって、東京に帰る事になったの」

「あらら…　ほなせめて、お礼の電話だけでも」

「ひどい風邪をひいて寝込んでるみたいだから、今はそっとしておいた方がいいと思うわ」

「そうなんや」

和葉は取り出しかけた携帯を戻す。

「さて、ほな特訓開始や…　と言いたいけど、まずは腹ごしらえやな」

「おまちどーさま！」

子供達が食料を持って戻って来た。コナン達は八畳間に戻り、皆を迎える。

元太は既にタコ焼きの箱を開け、中身をほおばっていた。その後ろでは、不満顔の小五郎。

「ったく、どえらい出費だぜ…　今回の出張は、大赤字だ！」

隅の椅子に腰を下ろすと、勝手にビールを開け、飲み始める。

テーブルには山のようなタコ焼きが並ぶ。元太は既に一箱たいらげて、次の箱を取る。光彦があきれ顔で言う。

「まだ食べるんですか？　ボク達、まだ一口も食べてないんですよ」

「このくらい、軽い軽い！　五人前はいける」

「早く食べないと、みんな食べられちゃいます」

光彦と歩美は慌てて箱を開き、タコ焼きを食べ始める。

「あつーい」

「でも、美味《おい》しいですね」

コナンもかなり空腹を感じていた。タコ焼きに手を伸ばそうとしたが、

「そうだ、まだ博士に連絡してなかったよな」

コナンは、部屋にある大きなテレビに博士から渡された通信機を取りつける。一個で画像と音声のやり取りが可能になる優れものだ。

「よーし、これで話ができるはずだ」

　コナンはテレビの電源を入れる。いきなり、阿笠博士の顔が画面いっぱいに映しだされた。

「おお、コナン君、待っておったぞ！　みんな、大丈夫か？」

「大丈夫だけど、少し離れてくんねーか」

「ん？　おお、すまんすまん」

　博士は後ろに下がる。

「しかし、大変じゃったのぉ…　日売テレビの事件は、こっちでも大騒ぎじゃ」

　光彦が興奮した面持ちで言う。

「でも博士、こっちはそれだけじゃすまなかったんです！」

「哀君に聞いた、別の殺人事件にも出くわしたらしいのぉ」

　歩美は悲しげな目で画面を見つめる。

「だから、全然、観光とかできなかったの」

「おお、そうか！　観光もできず、君らが退屈しているんじゃないかと思って…」

（うっ！　まさか…　ここで来るのかよ…）

「クイズを考えておいたんじゃ」

「いや、博士、今は…」

「いいか、よく聞け！　競技カルタはその独特のスタイルが、日本の伝統的な作業に似ていると言われるが、それは次のうち、どれ？　①茶摘み　②凧揚《たこあ》げ　③餅つき　④稲刈り」

「カルタを取って、札を積んでいくから、茶摘みかな」

と歩美。続いて元太が、

「凧揚《たこあ》げ…　タコ、タコ焼き（腹が鳴る）」

チチチと人差し指を立てて振りながら、光彦。

「お手つきって言いますから、餅つきでしょうかね」

そして、最後はコナンの番だ。

「答えは④の稲刈りだよ！　稲は田んぼに実る、その田んぼを刈るから…」

「刈る田！」

（…って、強引過ぎだろ、このダジャレ…）

「むぅ、さすがじゃな、ご名答！　ちと簡単すぎたかのう？　どうじゃ、少し難しいのをもう一問」

光彦が慌てて言った。

「い、いや、もう充分です、ね？」

「う、うん…　もう部屋に戻ろうかな」

「そうだなぁ…　腹いっぱいになったら、眠くなってきちゃったよ」

「そうか…　そりゃ、残念じゃのう」

「それじゃあ、また連絡するね」

コナンは通信を切る。

大部屋に戻ると、既にカルタ特訓の準備が整っていた。

和葉は大いにはりきっている。

「さぁ、特訓、始めるでぇ！　最初の相手は、小五郎のおっちゃん！」

びしっと指さされ、小五郎は缶ビールを飲もうとした体勢で固まっている。

「へ？　俺ぇ？」

コナンは小五郎の手を引っ張り、畳の真ん中へと引っ張りだす。

「ほら、早く早く！　もう準備はできてるよ」

「…ったく、そんなお遊びに付き合ってる暇はねえのに」

小五郎は、受け取ったカルタ札二十五枚を適当に並べていく。その向かいに和葉がゆっくりと座る。彼女の札は既に並べられていた。

「さあ、いくよ」

コナンが、CDプレーヤーの再生ボタンを押す。

スピーカーから最初の歌が流れだした。

「住《すみ》の江《え》の　岸《きし》による波《なみ》　よるさへや…」

一文字目の「す」で和葉が小五郎陣地にある札を取る。小五郎はただ、ポカンと見ているだけだ。

「早《はや》っ！」

本番と同じく、下の句がもう一度、読まれる。

「夢《ゆめ》の通《かよ》ひ路《じ》　人目《ひとめ》よくらむ」

すぐに二番目の歌だ。

「音《おと》に聞《き》く　高師《たかし》の浜《はま》の　あだ波《なみ》は…」

今度は二字決まり。「おと」の時点で和葉の手が悠々と自陣の札を取る。小五郎はやはり何もできない。

「かけじや袖《そで》の　ぬれもこそすれ」

結局、小五郎は一枚も取れないまま、終わってしまった。

「一体、何が何やら、おわぁぁ」

小五郎は立ち上がろうとして、前のめりにひっくり返る。足が痺《しび》れたらしい。

「次はわたしよ！」

蘭が和葉の前に座り、カルタを並べ始める。

「百人一首は、夏休みの宿題で全部、覚えたんだから」

コナン、再生ボタンを押す。

「心《こころ》にも　あらでうき世《よ》に　ながらへば…」

「もらったぁ」

蘭の手が鋭く畳に伸び、札を弾《はじ》く。

「やったぁ」

だが、和葉は手を膝に置いたまま、全く動いていない。

「蘭ちゃん、お手つきや」

「え？」

「今取った札は、『心《こころ》あてに　折《お》らばや折《お》らむ　初霜《はつしも》の　おきまどはせる　白菊《しらぎく》の花《はな》』、凡河内躬恒《おおしこうちのみつね》や…　読まれたんは、『心《こころ》にも　あらでうき世《よ》に　ながらへば　恋《こい》しかるべき　夜半《やは》の月《つき》かな』」

「ええ？」

「空札《からふだ》の事、忘れたらあかんで」

「あ…！」

お手つきの場合、ペナルティーとして、相手の陣地から札を一枚、送られる。相手が一枚減り、自陣の札が一枚増えるので、札二枚分を損する事になる。

和葉は僧正遍昭《そうじょうへんじょう》の「天《あま》つ風《かぜ》 雲《くも》のかよひぢ 吹《ふ》きとぢよ をとめの姿《すがた》 しばし留《と》めむ」を送る。

送り札に何を選ぶのかは人それぞれだと言う。和葉の性格からして、カルタは攻撃的な攻めガルタであると想像できる。攻めガルタの場合は、自分の得意札を相手に送る事が多いという。

「コナン君、次、頼むわ」

考え事をしていて、再生ボタンを押すのを忘れていた。和葉の一言で、我に返る。

「あ、ごめんなさい」

再生ボタンを押すと、すぐに次の歌が流れだした。

『吹《ふ》くからに 秋《あき》の草木《くさき》の しをるれば…』

和葉の動きは風のようだった。コナンにも手の動きを見る事ができない。気付いた時は弾《はじ》かれた札が猛烈な勢いで宙を飛んでいた。札は缶ビールに手を伸ばしていた小五郎の頬をかすり、後ろの壁に突き刺さる。

「ひぇぇぇぇぇ」

ひっくり返る小五郎。子供たちは拍手喝采だ。

「かっけぇぇぇぇ」

「すごい、すごーい」

「仮面ヤイバーなみの速さです！」

蘭は自信喪失の体《てい》だ。肩を落とし、言った。

「やっぱりわたし達じゃダメだ…　練習相手にもならないよ…」

座に白けた空気が漂った。当然、蘭の次に名乗りを上げる者はいない。

襖《ふすま》が音もなく開き、和服姿の女性が静かに入って来た。

「相手やったら、ここにおりますえ」

彼女は和葉の前に立つ。

服部平次の母、服部静華《はっとりしずか》である。

「へ、平次んとこのおばちゃん…？」

「平次から聞きましてな、駆け付けましたんや」

「え？　何で？」

「和葉ちゃんの手伝いや！　カルタの特訓、するんやろ？」

「そら、そうやけど…」

「私が相手になりましょ…　元クイーンの私では、力不足かもしれまへんけど」

静華は、和葉の前に座る。

小五郎が頬をさすりながら、言った。

「いや、そいつは止《や》めといた方がいい…　いくら元クイーンでも和葉ちゃんの相手…え？　クイーン!?」

和葉も驚きの表情だ。

「おばちゃん、カルタやってはったん？」

「もうずいぶん前の事になりますけどなぁ…　平次から、何も聞いてませんか？」

「な、何も…　蘭ちゃんは？」

「もちろん、聞いてないよ」

コナンは携帯で「服部静華」を検索する。画像入りの情報が何百とヒットした。

「ホントだ！　二年連続でクイーンになってる…　どんな場面でも沈着冷静、圧倒的な記憶力と精神力で、クイーン位に勝ち上がった…　ただし、お手つきが多いのが欠点で、別名お手つき女王」

「余計な事は言わんでよろしい」

(そういえばこの人、時々、ものすごいボケをかましたりするんだよな)

「和葉ちゃん、他ならぬ平次の頼みや、私の持っている全てを、あなたに教えてあげますわ…　ただ、時間が足らんさかい、稽古はきついもんになりまっせ…　それでもよろしいか？」

「はい、よろしくお願いします!!」

「そうか…　ほな、始めましょか」


「日売テレビビル爆破事件については、負傷者十一名…　現在入院している者が一名おるけど、残る十名は医師の診察の上、それぞれ帰宅させた…　爆発の規模から考えて、死者が出ぇへんかったんは、奇跡や」

電話の向こうでも、大滝の声は疲労を隠せない。

(あれだけの事があったんやからな…)

同情しつつも、平次は質問を続けた。

「捜査状況はどないなってる？」

「現場があの通りやから、爆弾を含め、証拠品はほとんど採取できてない…　今は、犯人がどないして爆発物を建物内に持ち込んだのか、そこを重点的に調べてるところや」

「入口でセキュリティーチェックはしてたやろ」

「せやから、手荷物か何かで、あれだけの爆発物を持ち込むんは、難しかったと思う」

「郵便物や宅配便の類は？」

「届いた時点で一か所に集められて、チェックを受けとった」

「撮影用の機材なんかは……」

「搬入口で簡単なチェックを受けるだけや」

「それやな」

「あぁ、あれだけの爆発や、それなりの大きさやろう……建物内に運び込まれたんは、爆破の直前か……」

「爆発の前に搬入口を使ったんは？」

「爆発一時間前に、スタジオに展示する品物が運び込まれている」

「それはもしかして、皐月会か？」

「ああ……デモンストレーション用の畳やカルタ、展示用の着物などが入っていた」

「におうな」

「まさか、皐月会の人間が？」

「いや、そうとは限らんで…　配送業者になりすまして、中に入るっちゅう手ぇもある」

「搬入業者を当たってみるか…　防犯カメラの映像も残ってる思うしな」

「大滝ハン、もう一つ気になる事があるんや…　犯人は爆破前に警察に通報してきたんやったな」

「ああ…　かけてきたのは、日売テレビビル内の公衆電話らしい」

「何でわざわざ知らせてきたんやろ？」

「さあ、そこのところはまだ…　平ちゃん、この爆破がただのテロではない、そう言いたいんか？」

「テロが目的なら、事前に知らせたりはせんやろ？　それに、これだけ大騒ぎになってんのに、犯行声明も出てない…　ところで、京都の殺人事件はどないなってんのや？」

「今のところ、進展はないようや」

「そやけど、被害者が皐月会所属の競技カルタ選手やいうのは、気になるな…　見極めが難しいで…　京都府警からそっちに何か言《ゆ》うてきてへんのか？」

「まだ、正式な捜査協力の依頼はきてへんな」

「まだ判断がつかへん、ちゅうとこか」

「平ちゃん、そろそろ捜査会議の時間や…　何かあったら、すぐに連絡してや」

「ああ…　大滝ハンも、あんまり無理すんなや」

長い通話を終え、再びバイクにもたれかかる。閑静なお屋敷街とはいえ、さっきから人っ子一人、車一台通らない。時々、風が吹き抜ける他は、静まりかえったままだ。

欠伸《あくび》をかみ殺していた平次だが、ふと人の気配を感じた。背後からゆっくりと歩み寄ってくる。

「やっとお出ましか、京都府警の警部さん」

「捜査会議が長引きましてなぁ」

綾小路である。

「西の名探偵が、何でこんなところに？」

「何となく…や」

「というと？」

「大岡紅葉が病院から出るところを見かけてな、ずっと後をつけてきたんや」

仕立てのよいスーツの胸ポケットから、シマリスが顔を出した。その頭をなでながら、綾小路は言う。

「若い言《ゆ》うんは、ええ事ですな…　美しき未来のクイーンに一目惚《ぼ》れですか？」

「アホ、そんなんちゃうわい」

シマリスは、その声に驚いてポケットの中へ隠れてしまった。

「日売テレビで阿知波研介が爆破事件に巻き込まれ、今度は京都で皐月会の矢島俊弥が殺された…　ただの偶然には思えへんのや」

「捜査会議でも、一番もめたんは、そこです…　二つの事件に繋《つなが》りはあるのか」

「それで？」

「大阪府警との合同捜査は見送りになりました…　二つの事件は別々のものと考えるということです」

「矢島殺しは強盗の仕業やと？」

「まだ断定はしてません…　現場の状況に疑問も残ってますしな」

「例のＤＶＤはどうなったんや？　全部、確認したんやろ」

「ええ…　非番のモンまで駆りだして、確認しました…　そやけど、これといっておかしな点も見つかりませんでした…　カルタの試合を収録した、ただのＤＶＤですわ」

「という事は、やはり稽古目的で持っていただけか」

「強盗説の方が、確かに筋は通りやすい…　大阪の事件とは別に考える人間が多いのも、判りますけどな」

「アンタが一人でここにおるちゅう事は、それに納得してないんやな？」

「そんな事、ありません」

「ほな、何でここにおる？」

「あんさんと同じ理由です、何となく」

「ふん、食えん警部さんや」

「犯人の狙いがもし、皐月会にあるんやったら、次の標的は阿知波研介か、大岡紅葉か、あるいは関根康史…　万が一の可能性でも、何かあったら取り返しがつきまへんからな」

「関根の方はどないしてる？」

「署の方で、まだ事情を聞いてます」

「警察署の中におったら、安全やしなぁ」

「ええ…　阿知波は大阪府警に任せるとして、残るはこの大岡紅葉…　まさか、あんさんがボディーガードを買って出ているとは」

「乗りかかった船や！　それにしても、大岡紅葉は、高校生やろ？　こんな大きな家に一人で住んでるんか？」

「彼女の両親は、仕事の関係で別の所に住んでいるそうです…　高校生でカルタに打ち込んでいる彼女は一人、この家に残った…　執事や住み込みのお手伝いもいるので、生活に不自由はないようですけどな」

「へぇ、矢島とおんなじやな…　カルタは金持ちのお嬢様の道楽ちゅうわけか」

かすかな軋み音と共に、門のくぐり戸が開いた。現れたのは、執事服をぴしっと着こんだ長身の男である。手には銀のお盆と紅茶のポット、それにカップが二つ載っている。

綾小路がきく。

「これは一体、何の真似《まね》です？」

「長い張り込みでお疲れでしょうと、お嬢様がおっしゃられまして」

「お嬢様とは、大岡紅葉さんの事ですか？」

「私《わたくし》、紅葉お嬢様にお仕えしている伊織と申します…」

平次は伊織と名乗る男の顔をじっと見る。

「アンタ、テレビ局にもおったな」

「はい…　運転手も兼ねておりますので、お嬢様がお出かけの時には、いつもご一緒いたします…　そんな事より、まずはお茶を」

「いらんわい、そんなもん」

「そうおっしゃらず…　私がお嬢様に叱られます」

「知らんがな」


大岡紅葉は、窓のカーテンをそっとめくり、表の様子を覗《のぞ》いた。背中を向けている伊織の向こうで、平次が何か言っている。横にいるのは、京都府警の刑事だろう。

紅葉はテーブルのティーカップを取り、温かな紅茶を口に含んだ。

「来てくれはったんですなぁ、平次君」

七

窓から差し込む柔らかな日差しに、コナンは目が覚めた。壁にもたれたまま、眠ってしまったらしい。首や肩が張っているが、昨日の疲れはほぼ取れていた。左右を見ると、椅子に座ったまま小五郎と蘭が、畳の上には子供達三人が転がって眠っている。

ばしっ！

畳を叩く激しい音。コナンは隣の広間へと駆け込む。そこには、昨夜と同じ体勢で、静華と和葉が向き合っていた。髪一本乱れていない静華に対し、和葉は髪も乱れ、汗だくだ。

（――あの二人、ずっと練習してたのか⁉）

静華が言う。

「なかなかの頑張《がんば》りや…　正直、ここまでやれるとは、思てませんでしたえ」

「この程度、合気道部の合宿に比べたら、楽なもんや」

肩で息をしながら、和葉が言う。

「この辺で、ちょっと休みましょか」

「まだ、いけます」

「休憩も立派な練習です…　私は、お粥《かゆ》さんでもいただいてきますさかい」

「何⁉　お粥⁉　朝飯？　オレ、食べる…」

隣の部屋から元太が飛びだしてくるが、またごろりと横になって寝てしまう。その音で、蘭も目が覚めたらしい。目をこすりながら、顔を出したが、和葉の様子にその目を丸くする。

「和葉ちゃん、まだ練習してたの⁉」

和葉が蘭を見る顔は、静華の時とは違い、どこか弱々しい。

「ああ、蘭ちゃん、おはよう…さん」

座布団に座ったまま、上体が揺れる。

「ちょっと、和葉ちゃん!」

慌てて駆け寄った蘭が、和葉を支える。見れば、スースーと寝息をたてていた。

「和葉ちゃん」

揺り起こそうとする蘭の肩にそっと手を乗せ、静華が言った。

「眠らせといてあげなはれ」

静華が布団を敷き、蘭が和葉をそっと横たえる。和葉は目を覚ます気配もない。布団をかけると、静華は立ち上がり、部屋を出て行こうとする。本当にお粥を食べに行くつもりのようだ。そんな静華を、蘭は呼び止めた。

「静華さん、和葉ちゃん、どうなんですか?」

足を止めた静華は、肩越しに蘭を振り返る。

「思った以上の実力や! ベスト4は堅いやろけど、決勝まで進むんは、正直、難しいやろな」

「そんな！　でも和葉ちゃんの…」

「人の話は最後まで聞きなはれ！　難しいと言うただけで、無理とは言うてません…競技カルタで大切なんは、精神力と集中力や…　この子にはそれがある…　心乱さず、無心で挑めば、勝機はあります」

戸が閉められ、静華の姿が消える。蘭は、ポケットから何かを取りだし、思案に暮れている。

「こんなの見せたら、和葉ちゃん、心乱れちゃうよね…」

コナンは背伸びをして、後ろから覗《のぞ》き込んだ。蘭が見ているのは、パスケースのようだ。写真が一枚、入っている。そこに写っているのは、子供の頃の平次と…

「なーに、それ？」

「あ！　コナン君！」

蘭は慌てて隠そうとする。

「コ、コナン君！　起きてたの？」

「平次兄ちゃんの写真が入ってたみたいだけど」

蘭は観念したのか、再びパスケースを開き、写真をコナンに見せた。

「昨日、病院で拾ったんだけど、多分これ、紅葉さんが落としていったんだと思う」

「ふーん…　という事は、平次兄ちゃんと指切りしているのは、あの紅葉さん…？」

「多分…ね…　子供の頃の写真だけど…　こんなツーショット写真、和葉ちゃんに見つかったりしたら、試合どころじゃなくなっちゃいそうだから…」

「何の約束、してたんだろうね？」

「さ、さぁ…」

「結婚の約束とか？」

コナンは蘭と顔を見合わせて、笑う。というか、ここは笑うしかない。

「まさか、こんな子供なのに」

「そんな訳ないよねー」

（いや、アイツ…　割といい加減なとこあるし…）

多分、蘭も同じ事を思っているのだろう。だから、写真を和葉から隠すのだ。

「どうしよう…　この写真」

「本人に返せばいいと思うけど…」

「どうやって？」

「今日、このホテルで組み合わせ抽選会があるでしょ？　紅葉さんも、来るんじゃない？」

「そうね、そうするのが一番よね」

蘭がケースを閉じようとした時、手の隙間から写真が一枚落ちた。コナンはそれを素早く拾い上げる。写っていたのは、和服姿の男性である。カルタ札を持った右手を振り上げながら、カメラに向かって、キッと挑むような視線を送っている。着物の袖から覗《のぞ》く右肘には、大きな傷跡があった。

「誰だろう、この人」

蘭も覗き込む。

「昨日は気が付かなかったんだけど、パスケースに挟まっていたみたいね」

「この写真だけど…！」

「へ、平次ぃ」

蘭の後ろで、和葉が起き上がっている。

「やべっ…！」

蘭は慌ててケースを体の後ろに隠す。

「か、和葉ちゃん、違うの、これは…」

「どこで…　何してるんや…　むにゃ」

そのまま、バタンと後ろに倒れ、また寝てしまう。

(派手に寝ぼけてくれるぜ…)

蘭が布団をかけ直している間に、コナンは男の写真を携帯で撮影する。

蘭がホッとため息をつきながら、戻ってきた。

「ああ、びっくりした」

「じゃあ、これ、返すね」

蘭にパスケースを返すと、コナンは靴を履く。

「コナン君、どこ行くの?」

「ちょっと、散歩」


人気のない廊下の隅まで来ると、コナンは、阿笠博士に電話した。すぐに、灰原の不機嫌な声が聞こえた。

「何なの? 朝っぱらから」

「カルタ札の方はどうだ?」

「博士がプログラムを組んでくれたから、もうすぐ判ると思う… おかげで二人共徹夜よ、徹夜」

「忙しいところ悪いんだが、もう一つ、調べて欲しいものがある」

「何なの？　こうなったら、一つ、二つ増えたって同じ事だから」

「今から写真データを送る。そこに写っている人物が何者なのかが知りたい」

「京都一服堂《きょうといっぷくどう》の鴨川煎餅《かもがわせんべい》」

「ん？」

「白川庵《しらかわあん》の二条団子《にじょうだんご》、御池屋《おいけや》の本能寺《ほんのうじ》チョコレート、伏見屋《ふしみや》の寺田最中《てらだもなか》…　京都のお土産だとこんなものかしら…　あ、あと、カフェ桃山《ももやま》のぶぶ漬《づ》けセット」

「へいへい…」

今の灰原には、誰も逆らえない。

携帯をしまい、廊下を戻る。エレベーターのドアが開くと、そこに平次の姿があった。

「こんなところでコソコソと相変わらずやのぉ」

「服部！　それはこっちのセリフだぜ…　お前、今までどこで何を？」

「わざわざ言う程の事はしてへん…　ま、押しかけボディーガードってとこやな」

「ボディーガード？　誰の？」

二人は廊下を進み、一階ロビーが見下ろせる場所まで来る。朝早くではあるが、ロビーは既に人でいっぱいだ。その中には、大岡紅葉と執事伊織の姿もある。

二人を見た瞬間、コナンには服部の考えが読めた。

「…って、お前、大岡紅葉と一緒だったのか？」

「家の前で張り込んでいただけや、男二人でな… 美味いお茶もご馳走《ちそう》になったでぇ」

「意味が判らねえ」

「そやろなぁ… まあ、ええわ… さあ、行動開始やで！ もうすぐ、高校生皐月杯争奪戦の抽選や」

平次と共にエスカレーターで一階に下りる。皐月会の関係者やマスコミなどで、ごった返している。スポットライトの中心にいるのは、阿知波研介だった。記者に囲まれ、取材攻勢を受けている。

「阿知波さん、高校生皐月杯争奪戦は予定通り、行われるのですか？」

「中止との噂《うわさ》もありますが？」

次々と飛ぶ質問に、阿知波は落ち着いて答えていく。

「高校生皐月杯争奪戦は予定通り、開催します… このような事態となり、中止も検討しましたが、この大会の為、日々、精進を続けてきた高校生の為にも、予定通り、大会を開催し、今年度のチャンピオンを決めるべきとの思いに至りました」

そんなやり取りを、コナンと平次は柱の陰で聞いている。

「おっと、おいでなすったで」

駐車場からの直通出入口から、そっと入りこんできた男を、平次が指さした。関根である。

「ほな、行こか」


和葉は大広間の真ん中に、一人座っていた。目が覚めた時、部屋には誰もおらず、テーブルの上に、きちんとまとめたカルタ札が置いてあるだけだった。和葉は札を取り、何となく畳の上に並べ始める。

ふと気になる札があった。和葉はそれを取る。

「しのぶれど　色《いろ》に出《い》でにけり　わが恋《こい》は…」

「ものや思《おも》ふと　人《ひと》の問《と》ふまで…　平兼盛《たいらのかねもり》どすな」

振り返ると、いつのまに入って来たのか、静華が座っている。

「おばちゃん…　い、いたんですか！」

「よう寝てたさかい、声かけへんかったんや…　体調はどないです？」

「はい！　少し寝たからばっちりです！　あ、子供達と蘭ちゃんは？」

「お土産を買う言《ゆ》うて、ついさっき、出ていきましたで」

「子供達に申し訳ないなぁ…　アタシに付き合わせてしもて…」

「さて、そろそろ抽選会の時間や、行きまひょか」


ホテル地下にある開店したばかりの土産物店で、子供達は大はしゃぎだった。蘭はそんな彼らの姿を、携帯のカメラにおさめていた。

光彦が言った。

「ちゃんと撮っておいて下さいよ？　東京に帰ったら、博士や灰原さんに見せるんですから」

「はいはい」

元太が試食コーナーに突進していく。

「おぉ、あの漬け物、何だっけ、うまそー」

歩美が言った。

「あれは、千枚漬けよ」

店員が皿に盛った千枚漬けを、元太は鷲《わし》づかみにして、一気にほおばる。

「ちょっと酸っぱいけど、美味いぜ」

「もう、元太君！　そんな食べ方しないでよ、恥ずかしいでしょ」

「いいじゃねえか、一枚ずつ食べたって、腹はふくれねえぞ！　あぁ、またタコ焼き食べたくなっちまったなぁ」

「またですかぁ？」

蘭は苦笑しながら撮影を続け、一段落したところで、携帯をしまった。

そろそろ、抽選会の始まる時間だ。

(和葉ちゃん、大丈夫かな)


屈強な体つきをした警備員が、コナンと平次の前に立ちはだかる。

「ダメです、中には誰も入れるなと指示されております」

警備員の後ろには、「関根康史様　控え室」と書かれたドアがある。

「あのなぁ、何度も言わせんなや…　オレは高校生探偵の服部…」

「何と言われても通す事はできません」

警備員は、服部の事も知らないようだ。

「探偵ゴッコなら、よそでやるんやな…　どうしても会いたいんやったら、大人と一緒に来る事や」

「あのなぁ」

なおも食い下がろうとする平次を、コナンは止める。こうした扱いに、コナンは慣れていた。いちいち腹を立てていては、身がもたない。

ロビーに戻ってからも、平次の腹立ちは収まらないようだ。

「くそっ、西の名探偵といわれるこの服部平次を子供扱いしよって！　工藤、お前の
せいもあるんやないか？　お前がそんななりしてるさかい、なめられるんや」

(はいはい、悪かったな、子供で)

コナンはムッとしながらも、言った。

「オレに任しとけって」

「何か当てでもあるんか？」

「ああ」

コナンはロビーを歩く小五郎を指さした。服部もニヤリと笑う。

「なるほどな」

コナンは見つからないよう、そっと小五郎の背後に近づいた。小五郎は大あくびを
しながら、歩いている。

「全く、ほとんど眠れなかったぜ…　熱いコーヒーでも飲んで、目を覚まさにゃあ

…」

コナンは腕時計型麻酔銃の照準を合わせ、超小型麻酔針を発射した。

命中！

「うっひ、ふんにゃぁぁぁれれれ」

即効性麻酔薬の効果によって、小五郎は、訳の判らない言葉を発しながら、その場でクルクルと回り始める。それを平次が素早く柱の陰に引っ張りこむ。

「ナイスやで、工藤」


「大人を連れて来いとアンタは言ったそうだな？　だからわざわざ来てやったんだ、この名探偵 毛利小五郎がな」

真っ青になって震え上がる警備員を、平次はニヤニヤと見つめている。小五郎の後ろにいるように見せかけて、実は、彼の体全体を支えているのだ。その足元では、コナンが蝶ネクタイ型変声機を使って小五郎を演じている。

「さあ、会わせてもらおうか、関根康史さんに」

「は、はいぃ」

警備員がドアをノックする。すぐにドアが薄く開いた。シャツにジーンズという普段着の関根がその隙間から顔をだす。警備員が低い声で事情を説明している。

それを聞いた関根はあからさまに眉を顰《ひそ》めた。そして、小五郎に向かって言う。

「これから抽選会に出なあきませんねん、後ではあきませんか？」

「お時間は取らせません、お願いします」

「やれやれ」

ドアが開かれる。関根や警備員に悟られぬよう、平次は慎重に小五郎の体を部屋の中に運び入れた。

（このおっさん、えらい重いやんけ…）

コナンはチョコチョコと部屋に入り、ソファーの後ろに隠れる。

「まあ、どうぞ…　何か飲まれますか？」

関根が背を向けた隙に、小五郎の体をソファーに下ろす。そして素早く、体勢を整える。顎を引き、両手を膝の間に入れて…

眠りの小五郎の完成や！

「いえ、どうぞ、おかまいなく」

「そうでっか…　そっちの名探偵君は？」

「いえ、結構です」

「ほな、ワイ一人でやらせてもらうで」

そう言いながら、コップを持ってソファーに腰を下ろす。もっとも、中身は酒ではなく、ただのお茶のようだ。

「それにしても、天下の名探偵 毛利小五郎ともあろうものが、探偵ゴッコのお手伝いとはな」

「探偵ゴッコとは、ずいぶんですな？　彼はよくやってくれてますよ」

「それで？　用件は何です？　手短にお願いしまっせ」

「手短に済むかどうかは、あなた次第ですよ、関根さん…　用件というのは、矢島さんの殺人事件についてです」

「あれは、強盗の仕業やろ？　警察はそう言うてたで」

「そうでしょうか？」

関根の表情が険しくなる。

「どういう意味や？」

「私の推理では、あれは強盗殺人などではない…　何者かによる冷酷な計画殺人です」

「アホな！　確かに、矢島は性格のええ奴ではなかった…　はっきり言えば、鼻もちならん金持ちのボンボンやった…　そやけど、だからちゅうて、殺す程恨んでいた奴がいたとは思えへん」

「あなたはどうです？」

関根はコップのお茶をぐいと飲む。

「アホぬかせ！　何でワイが矢島を恨まんならん」

「アンタはここ二年連続で、皐月杯優勝を逃している…　二度共、決勝で矢島さんに敗れたからだ…　もし矢島さんがいなくなれば、アンタは…」

「ヤメヤメ、アホらしい！　皐月杯の優勝？　そらワイかて優勝したいわい…　そやけどな、その為にライバル殺すて、そんなん、無茶苦茶やろ？　そもそもな、警察が強盗やと言《ゆ》うてんのに、何で…？」

「理由はいくつかあります…　まずは、この写真を見ていただけますか」

平次が矢島の殺害現場で撮った写真をテーブルに並べる。床に落とされたパソコンや倒れた椅子、開いたままの金庫、カルタの練習に使っていた音響機器などが写っている。関根はそれらを一枚一枚、見ていく。

「これが、どないしたんや？」

「これを見て、何か気づきませんか？」

「強盗が金品を探して荒らし回った——そんなふうにしか見えんがな」

「そう、パソコンは床に落ち、椅子は倒れている…　しかし一方で、音響機器関係は無傷だ…　着物の入った衣装ダンスやカルタ札の入ったケースも然《しか》り」

「何や？　何が言いたいねん？」

「荒らし方にムラがあるという事ですよ…　強盗犯は、カルタ関係の物には手も触れていない」

「そらそうや…　見た目はともかく、実際のところ、金銭的な価値はあらへんからな」

「しかし、手も触れていないというのは、いささか妙ですな。鑑識の結果によれば、着物の入った衣装ダンスを開け閉めした痕跡もないとの事です…　金品目的ならば、中を確かめる事くらいはするのではないでしょうか？」

「人殺ししてしもて、慌ててたんと違うか？」

「私の推理はこうです…　犯人は土蔵の中身に精通しており、タンスの中に何があるのか初めから知っていた…　そしてもう一つ、土蔵に納められているカルタの品々に、並々ならぬ愛着を覚えていた」

「何やて？」

関根はゆっくりと手にしたコップをテーブルに戻す。

「だからこそ、犯人はカルタ関係の品々を壊す事ができなかったのですよ…　床に叩き落としたりすれば、汚れ、壊れてしまうから」

「は…　探偵ちゅうのは、おもろい事、考えるんやなぁ…　まあ、アンタがどう推理しようと、アンタの勝手やけどな…　何にせよ、ワイには関係のないこっちゃ」

「そう言い切れますか？」

「何？」

「あの土蔵、入口を入ったところの床が軋むんですよ…　あなたもご存じでしょう？」

「ああ知ってるで…　土蔵には何度も入ってるさかい」

「あれだけの音だ、誰かが土蔵に入ってきたら、気付くはずだ」

「そうやな」

「もし見知らぬ何者かが、土蔵に入ってきたら、矢島さんは当然、慌てる…　抵抗もするはずだ…　にもかかわらず、遺体に争った形跡はなかった」

「なるほど…　侵入者は矢島の顔見知りやったと言いたい訳か」

「ええ」

「アンタはカルタをやらへんから判らんやろうけど、練習とはいえ、相当な集中力が必要や…　カルタに集中しとったら、少々の物音がしても、気付かへんで？　矢島は誰かが入って来たんも気付かず、カルタ札を睨んでいる間に殺されたんやろ」

「それはあり得ません…　矢島さんの致命傷は、額のど真ん中にあった…　もし、彼が侵入者に気付かずカルタを続けていたとしたら、傷は後頭部にあるはずです」

関根は言葉に詰まった。

「矢島さんは、侵入者に気付き、振り返ったのです…　ですが、そこにいたのは面会の約束をしていた顔見知りだった…　犯人はその隙をついて、矢島さんを殺害したのです」

関根は額に滲《にじ》み出た汗を、ハンカチで拭う。

「…つまり…　何が言いたいんや？」

「犯人は、カルタに詳しく、矢島さんと顔見知り、犯行時刻のアリバイがなく、彼の死によって得をする人物」

「ふむ、こら不思議やな…　全部、ワイに当てはまる」

「どうなんです？」

関根は小五郎の閉じた目を睨み続ける。ソファーの後ろで、コナンは相手の出方をじっと待つ。

ふいに関根が笑いだした。

「さすがは名探偵、見事や…　しかしな、アンタが今喋ったんは、全部、推理やろ？　あかんあかん、ワイを犯人にしたいんやったら、証拠を持って来なあかん」

ノックの音がして、警備員がドアの隙間から顔をだした。

「関根さん、そろそろ時間です、お願いします」

関根は得意げな顔で席を立つ。

「残念やったな…　この程度でびびって、自白したりせえへんで」

「最後にもう一つだけ、きかせて下さい」

「しつこいな、何や？」

「あなた、矢島さんの殺害現場へは少し遅れて来られましたね？」

「ああ、深酒して寝込んでたんや…　警察にもちゃんと言うてあるで」

「あなたは現場に来てから、こう言われた…　『会長、あきまへん…　こういう時でっさかい、開催せなあきまへんのや…　ここで止めたら、矢島も無駄死に、殴られ損や』」

「うん？　そうやったかいな…　よう覚えてるな」

「何故、矢島さんが殴られたと思ったんです？」

「言うてる意味が判らんな、矢島は撲殺やったんやろ」

「あなたが来た時、凶器は既に警部によって運びだされていた」

「阿知波会長に聞いたんや、入口脇にあった刀やて」

「ほう、凶器が刀である事はご存じだったのですな？　ではもう一度おききしたい…何故、被害者が殴られたと思ったのです？」

「それは…」

関根の顔色が変わる。

「普通、凶器が刀だと聞けば、斬殺か刺殺を考えるはずだ…　にもかかわらず、あなたは殴られたと言った…　どうして、撲殺だと知っていたんだ？」

「そ、それは…　現場で遺体を見たからや」

「あなたが来る直前、遺体には覆いがかけられた…　直接遺体を見る機会はなかったんだよ」

「うっ…！　そ、それは…　何となくや…　血の飛び散り具合とかで、何となく殴られたんやないかて思い込んだんや…　とにかく、ワイは、ワイは殺しとは無関係やで」

関根は、入口にいる警備員を突き飛ばすようにして、足音荒く廊下へと出て行く。

ドアが閉まるのを待って、コナンがソファーの陰から立ち上がった。小五郎は微動だにせず、眠っている。

「今の揺さぶりで、奴がどう動くか…だな」

「そやな…」

ふいに小五郎が目を開く。

「ふんにゃ!! な、な、ここ、どこ?」

「やべっ!」

コナンと平次は部屋を飛びだした。

八

ホテルの大会議室の前には、「高校生皐月杯争奪戦抽選会会場」の垂れ幕がかけられている。正面のスクリーンにはトーナメント表が既に表示され、会場には会議用テーブルと椅子が並べられている。参加校の代表三十二人は既に着席しており、緊張の面持ちで抽選会の開始を待っている。

最前部には丸いテーブルがあり、その上には抽選箱が置いてあった。ドアから阿知波と関根が入って来て、丸テーブルの脇に立つ。

コナンと平次は目立たぬよう、そっと会議室の後ろで皆の様子をうかがう。

和葉は前から三列目の右端にいた。大岡紅葉は最前列の真ん中だ。

関根がマイクを取り、言った。

「それでは、本年度高校生皐月杯争奪戦、組み合わせ抽選会を行います！　名前を呼ばれた高校の代表者は、前に出て、箱の中の番号札を引いて下さい」

呼ばれた高校の代表者が、箱に手を入れ、番号札を取る。それを関根が受け取り、読み上げる。トーナメント表の番号部分に、その高校の名前が入る。対戦校が決まるたび、そこここで、どよめきと歓声が上がった。

「京都泉心高校《きょうとせんしんこうこう》！」

関根の声が紅葉の学校名を告げる。紅葉が箱に手を入れ、取りだした札を関根に渡した。

「Aブロックの八番」

会場内のどよめきがさらに大きくなった。そのざわつきが収まりきらぬうち、昨年の準優勝者、宝島学園《たからじまがくえん》の和智佐余子《わちさよこ》が札を取る。

「Bブロック一番！」

紅葉のブロックと分かれた。今年も決勝はあの二人か？　などとつぶやく声も聞こえた。

「改方学園！」

和葉が呼ばれたのは、一番最後だった。和葉の札を関根が受け取り、読み上げた。

「Bブロック七番！」

トーナメント表が完成する。取材席から激しいフラッシュがたかれた。

そんな中、関根が言った。

「ではこれで、抽選会を終了いたします……明日の試合は、皐月会館にて、午前九時から開始します……試合形式は例年通り、Aブロックの勝者とBブロックの勝者による決勝戦を行い、その勝者を高校生チャンピオンとします……皆さんの健闘を祈ります」

ざわめきが徐々に収まり、阿知波を先頭に皆が退席していく。

平次が会場に置いてあったパンフレットを取ってきた。

「皐月会館について、書いてあるで？　阿知波研介が二年前に作った多目的ホールらしい」

パンフレットには皐月会館と周辺施設の見取り図などが載っている。

「京都北部の山の中にあって、ちょっとした遊園地並みの広さがあるそうや」

手前の駐車場から五十段の階段を登ったところに、かまぼこ形をした体育館のような建物がある。そこが予選会を行う皐月会館だ。二十組以上が同時に試合を行える試合会場の他、選手の控え室、観戦ルームなどがある。その先は深い森となっており、その先に皐月堂と呼ばれる祠《ほこら》のような建物があった。

「この小さい建物は何なんだ？」

「皐月堂…　皐月会主催の二大大会決勝の為に作られた、競技カルタ専用の建物らしいで？　ここに入れるんは、決勝を戦う二人と読手の、三人だけや」

「それにしても、ものすごい所に立っているな、この皐月堂」

皐月堂の背後には、山が迫っている。かなりの急斜面で、見る限り登山道も整備されていないようだ。そんな鬱蒼《うっそう》とした緑の中に立つ小さな建物は、この世のものとは思えない儚《はかな》さがあった。

「阿知波さんは恐らく、亡くなった奥さんへの想《おも》いを、あのお堂に重ねているんだろうな」

平次はパンフレットのページをめくる。

「工藤、こらまたすごい事になってんぞ…　皐月堂の後ろにある山、その上には大きな池があってな、秋になると紅葉で全体が紅《あか》く染まるそうや」

　パンフレットには、その写真も載っていた。池の周りには何百本という紅葉した樹木があり、炎のごとく真っ赤に燃え立っている。さらに散った紅葉《もみじ》の葉が水面に浮いて、池全体が深い紅色に輝いているのだった。

「その名も、くれない池や」

　次のページには、皐月堂の内部が紹介されていた。部屋は畳敷きの部屋一間だけであり、読み札を置く為の机の他は何もない。

「服部、ここに入れるのは決勝の対戦者と読手だけと言ったな？　だったら、試合経過を見る事はできないのか？」

「その辺にぬかりはないで……　皐月堂内にはテレビカメラがあって、その映像を皐月会館で見る事ができるらしい……　皐月堂は完全防音で、外の物音は全く聞こえない……もちろん、携帯などの電波も一切、入らんようになっているらしい」

「まさに、カルタの為だけに作られた建物、というわけか」

　平次の携帯が鳴った。

「おう、大滝ハン」

　平次はコナンにも会話を聞かせる為だろう、携帯をスピーカーモードにすると、後片付けの始まっている会場の隅に移動する。

「何か進展があったんか？」

　携帯からは大滝の太い声が響いてくる。

「さっき、和歌山県警から報告があってな、工事現場から大量のダイナマイトが盗まれている事が判ったそうや」

「何やと？　そら、いつの事や？」

「盗まれたんは一昨日の事らしい……　昨日は工事が休みだったんで、今日になって作業員が見つけたとか」

「全く、どういう管理をしとるんや……　で、そのダイナマイトの一部が、日売テレビ爆破に使われた、ちゅう事か……」

「問題は、盗まれたダイナマイトの量や……　日売テレビの爆破規模から見て、犯人はまだ相当量を所持しているようや」

「まだ犯行は続く……　ちゅう事か」

「ただ、一つだけ手がかりがある……　工事現場のカメラに、犯人らしい姿が映ってたんや……　ただ、顔は映っておらず、確認できるのは、体格と背格好、それと右腕に大きな傷跡がある事くらいや」

「それで、京都の事件との繋《つな》がりは?」

「まだ何も出てきてへん…　一応、皐月会の人間はしっかりと見張ってるけどな、監視と警護の両面で…　それで、平ちゃんは…」

「こっちも皐月会にべったりへばりついてるわ、また連絡する」

「おい、平ちゃん!」

平次は通話を切る。

ふとロビーを見ると、阿知波と関根が正面玄関の方へ歩いて行く。

「おっと、そろそろ出発するみたいや」


和葉は目と耳に神経を集中する。もう少しで何かが摑めそうな気もするのだが、その一方で絶対に超えられそうもない巨大な壁の存在も感じていた。

向かいに座る静華は、まるで眠っているかのようだ。それでいて、切れ味鋭い刃《やいば》のような空気を、全身にまとっている。

プレーヤーから、歌が流れる。

「天《あま》つ風《かぜ》　雲《くも》のかよひぢ　吹《ふ》きとぢよ…」

静華の手が和葉の陣にある札へと一直線に伸びてくる。和葉は手で囲おうとするが、静華の手はその下をするりとくぐり抜けていった。無駄のない、美しい動きだった。

和葉は動揺を隠しながら、畳の上で礼をする。

「負けました」

静華、ほっと表情を緩める。

「二枚差や…　危ない、危ない」

投げやりな気分になって、和葉は膝を崩す。

「また負けや！　おばちゃんには勝てへんわー」

「されど二枚差…　これはひょっとするかもしれまへんなぁ」

「おばちゃん、もう一回や！　次は勝てる気がすんねん！」

「ちょっと待ちなはれ…　そんな調子では、本番までもちません…　少し休みましょ」

「そんな事言わんと、あともう一試合だけ…」

広間の襖が音もなく開いた。大岡紅葉が畳の上を滑るようにして近付いてくる。

「やりたい言《ゆ》うてはるんや、やらせてあげたらええんとちゃいます？」

和葉は飛び上がって、叫んでいた。

「出たぁ！」

「人をお化けみたいに言わんといて欲しいわ」

「こんなところに、何の用や？」

「そんなに試合がしたいんやったら、ウチが相手いたしましょうか？」

体中がカッと熱くなった。

「アンタが？　のぞむところや、受けて立つで」

前に出ようとする和葉を、静華の細くひんやりとした腕が止める。そして、彼女は落ち着いた口調で言った。

「私がお相手します、和葉ちゃんは休んどり」

「おばちゃん！」

静華は座布団の上に座り、凄味のある目で紅葉を見上げる。

「私では不満ですか？」

その顔を見て、紅葉はハッとする。静華の正体に気付いたようだ。

「元クイーンの池波静華《いけなみしずか》さん？」

「光栄ですなぁ…　現役の高校生チャンピオンに名前を覚えてもらえて」

「当たり前です…　お手つき女王の名前、忘れるはずがありません」

紅葉は静華の前に座り、札を並べ始める。

「和葉ちゃん、プレーヤーの操作、お願いな」

和葉はプレーヤーの再生ボタンに手を伸ばす。

紅葉が涼しい顔で言った。

「序歌とかそんなもん、いりません…　すぐ、始めて下さい」

和葉がボタンを押す。

「わびぬれば　今《いま》はた同《おな》じ　難波《なにわ》なる」

静華は素早い反応を見せる。だが紅葉はそれすら上回っていた。札がくるくると回転しながら、宙を舞った。

「みをつくしても　逢《あ》はむとぞ思《おも》ふ」

おばちゃんより、速い…

「これやこの　行《い》くも帰《かえ》るも　別《わか》れては…」

紅葉の自陣の札だ。静華の手が伸びる。先程、和葉との対戦で見せたような、無駄のない優雅な動き。しかし、紅葉はしっかりと札をブロックする。

「知《し》るも知《し》らぬも　逢坂《おうさか》の関《せき》…」

紅葉は余裕の表情だ。一方、静華は全くの無表情を保っている。

「かささぎの　渡《わた》せる橋《はし》に　おく霜《しも》の…」

二字決まりだ。今度も先に動いたのは、静華だった。札はやはり紅葉の陣地にある。

そして今度も、ギリギリのタイミングではあるが、紅葉の勝ちとなった。

紅葉は札を畳に置くと、静華に向かって丁寧なお辞儀をした。

「ありがとうございました…　久しぶりに楽しかったです」

和葉は二人の気迫に呑《の》まれ、ただ呆然とするしかなかった。紅葉がチラリとこちらを見て笑う。

「何ちゅう顔してはりますのん…　この程度で驚いてはって、試合に出るやなんて、すごい度胸あらはるんやなぁ…　ウチには真似できひんわぁ」

和葉は、何か言い返そうとしたが、言葉が見つからなかった。紅葉は更にたたみかけてくる。

「ウチの名前は紅葉です、アンタみたいなただの葉っぱとはちゃいます！」

「はっ、葉っぱぁ!?」

静華が割って入る。

「もうそのくらいにしときよし」

「いくら相手が素人でも、ウチは手ぇ抜いたりしません…　前に、素人相手に油断して、屈辱的な負け方をしたことがあります…　あんな悔しい思い、金輪際したないから、やる限りは、全力でいかせてもらいます」

「紅葉さん、アンタ、こんなところにいてええの？　阿知波会長も心配してはるんちゃいます？」

「ご心配、おおきに…　そやけど、ウチは大丈夫です…　何しろ、西の名探偵 服部平次君がついていていてくれてはりますから」

「それ、どういう事？」

「あら、何も聞いてはらへんかった？　平次君はウチのボディーガードなんです」

「え？」

「昨夜も、一睡もせんと、家の前で見張りしててくれはって…　ほな、そろそろ行かせてもらいます…　明日の試合、楽しみにしてますわ…」

静華が顔を輝かせる。

「あら…　平次もスミにおけまへんなぁ…」

紅葉が部屋を出て行く。

和葉はふつふつと沸き立つ気持ちを、抑えきれなくなっていた。

「平次ぃぃ！」

どこで何してるのかと思てたら、あんな女と…

「アンタがあの女とどないな関係か知らんけど…　カルタの試合でフルボッコにしたるさかい、見とけや平次ぃぃぃぃ！」

静華が手を打ち鳴らす。ポン、と鼓のような音が部屋に響いた。

「うん！　よう言《ゆ》うた！」


ホテル正面玄関のロータリー前で、コナンは平次と共にバイクの傍らに立っていた。

突然、平次が「うわぁぁぁぁ」と叫び、飛び上がった。

「ど、どうした、服部！」

「今な、何や背筋に悪寒が走ったんや」

「風邪か何かだろ」

「そないなもんやない、もっと禍々《まがまが》しい何かや…」

「おい、出てきたぞ」

三台の車が列になってホテルを出て行く。先頭は阿知波研介の乗る黒塗りのハイヤーだ。その後ろは関根が運転する赤のスポーツカー、最後が伊織とかいう執事の運転する車だ。後部座席には大岡紅葉が乗っている。

三台をやり過ごし、平次は道端に駐めたバイクのエンジンをかける。コナンはヘルメットをかぶり、その後ろに座った。

　平次が車列を見て言う。

「お揃《そろ》いやな」

「この後は揃って、皐月会館に向かうらしい」

「さて、関根はどう出るか…」

　コナンの携帯が震えた。

「灰原からだ」

　灰原の声は、相変わらず不機嫌そうだった。パチパチとパソコンのキーを叩く音も聞こえる。

「相変わらず、忙しそうね」

「ああ、今ちょっと取り込み中なんだ」

「あなたに頼まれた、例の写真の男、身元が判ったわよ」

「何？　本当か？　さすがだな」

「名前は名頃…　ネットで拾った別の写真も付けてそっちに送るから、確認して」

「了解」

　携帯をしまった途端、平次が叫んだ。

「工藤、いくぞ」

三台が走りだしたのだ。道は混み合っていて、尾行は楽だ。二ブロックほど進んだところで、コナン達以外にも、阿知波達を追う車が二台いる事に気付いた。

「あの車、刑事だな」

「警備と監視をかねて、尾行してるっちゅうとこか」

そう言いつつ、平次はちらちらとサイドミラーを気にしている。

「平次、どうした？」

「ん？　いや、ちょっと気になるバイクがおってな」

コナンはちらりと後ろを振り返る。車二台を挟んで、一台のバイクが走っている。

フルフェイスのヘルメットをかぶっている為、乗っている者の人相までは判らない。

黒のライダースーツを着ているが、これといっておかしな点はない。

「おっと、高速道路に入るで」

料金所を通過し、バイクのスピードが上がる。背後のバイクも、高速に乗った。

コナンが注視していると、男はライダースーツのポケットからマッチ箱くらいの大きさの黒いものを取りだした。

「あ、あれは…」

前を行く車列の真ん中で、爆発が起きた。関根の車だ。オレンジ色の火球と黒い煙が、高速道路の上に噴き上がる。すぐ後を走っていた紅葉の車が急ブレーキと共にドリフトする。巧みなハンドル捌《さば》きで追突は免れたが、途中でコントロールを失いスピン、路肩へと飛びだした。

道路上は大混乱に陥っていた。焦げ臭いにおいと共に、クラクションや怒鳴り声があちこちから聞こえてくる。

三台を追走していた刑事達の乗る車も、一般車両に阻まれ、身動きが取れなくなっていた。焦った刑事達は車を捨て、炎を上げている関根の車に近付こうとした。その頭上を、先のバイクがジャンプして越えていく。驚く刑事達の前に着地、乗っていた男がひらりと飛び降りる。ヘルメットはかぶったままだ。刑事達が身構える暇もない。男は刑事二人を簡単に殴り倒してしまった。

男は路肩で停止している紅葉の車に顔を向ける。車内では紅葉がシートベルトを外そうとしていた。ドライバーの伊織は衝撃で気絶しているようだ。

男が腰に携帯していた特殊警棒を出し、伸ばす。紅葉が男の姿に気付いた。その目に恐怖が宿る。

男は警棒を振りかぶり、ウインドウを叩き割ろうとした。

平次はバイクを斜めに傾け、車と車の間を走り抜ける。振り落とされないよう、コナンも必死でしがみつく。タイヤを横滑りさせ、男の眼前に停車した。

「工藤、紅葉を頼んだで」

平次はそう言うと、バイクを降り、男に向かう。右手には、バイクに装備してあった木刀が握られている。

男が警棒を横に払いながら、平次に襲いかかった。警棒を避け、逆に木刀を振り下ろす平次。決まったかに思われたが、男はギリギリのタイミングで避《よ》けた。

(あいつ、やるな…)

コナンはボンネットを飛び越え、後部ドアを開く。

「さあ、早く！」

「ウチだけ逃げる訳にはいかへん！　伊織！　伊織！」

紅葉は運転席の伊織の肩を揺する。「うっ」とうめき声を上げ、伊織が覚醒した。

「あ…」

すぐに状況を認識したのだろう。シートベルトを外し、紅葉の方を振り返った。

「おケガは？」

「ウチは大丈夫です」

伊織は助手席側に移動し、素早く車を降りる。

「さあ、避難いたしましょう」

紅葉の手を取り、車からだす。

「こちらへ」

安全な方へと紅葉を連れて行こうとする。その反対側では、平次と男の激しい闘いが続いていた。平次の木刀が相手の肩口をかすめた。バランスを崩した男の警棒が、傍に駐まっていた車のフロントガラスに当たる。粉々になるガラス。そして車体のどこかにライダースーツの袖口が引っかかり、右腕部分がめくれ上がる。

「ちっ」

そこには上腕から肘にかけて、大きな傷があった。紅葉がハッと息を呑むのが判った。

「な、名頃先生…」

コナンの耳に、彼女のつぶやきがはっきりと聞こえた。

(名頃?)

振り向いた時、彼女は既に伊織によって、中央分離帯の向こうへと誘導されていた。

仕方なくコナンは注意を平次に戻す。闘いはまだ終わりそうもない。平次と互角なのだから、相当な使い手だ。

援護の為、ベルトのスイッチを押し、サッカーボールを射出しようとする。だが、反応はない。何度か試しても同じだ。

——そうか、あの時…

日売テレビのビルで、平次達を助ける為、スケボーでダイブした時だ。落下の衝撃で壊れたのかもしれない。

男の振り下ろした警棒を、平次の木刀が真正面から受け止める。その向こうに、突如、ヘリコプターが現れた。機体横には、京都府警の文字がある。

(な、何だ!?)

「やっとお出ましか」

平次が叫んだ。

いつの間にか、路肩には警察車両が駐まり、銃を手にした警官達が、一帯を包囲していた。その真ん中にいるのは、綾小路だ。

車の陰から、先程殴り倒された刑事達が、姿を見せた。首筋のあたりをさすりながら顔を上げた二人は、辺りを見てぎょっとする。

「な！　京都府警!?」

相手との間合いを計りながら、平次が言う。

「京都府警に頼んで、前後を固めていたんや…　大阪府警が動くと、ばれてしまうさかいな」

(服部の奴、いつの間に…)

恐らく、紅葉邸の張り込みで会った時だろう。こうした事態に備えて、綾小路と打ち合わせしていたに違いない。

やるじゃないか、西の名探偵…

平次は木刀の切っ先を男に向ける。

「さあ、覚悟してもらうで」

男の手に、また黒い小さな箱が現れる。

──あ、あれは…

指がボタンのようなものに触れる。突然、中央分離帯の一部が吹き飛んだ。

「うわっ」

爆発の規模はそれ程でもないが、濃い煙が辺りに立ちこめる。

(──くそっ、煙幕かよ!)

バイクのエンジン音が派手に響き渡る。平次のものではない。襲撃者のバイクだ。

タイヤを軋ませウイリー走行した後、中央分離帯の植え込みを飛び越え、男のバイクは姿を消してしまった。

煙の向こうから、綾小路の声が聞こえる。

「追跡や！　見失うんやないで！」

ヘリの音が遠ざかって行く。

まもなく、煙は風に流され視界が利《き》くようになってきた。コナンは平次と共に、炎を上げている関根車に近づく。

火は運転席には回っておらず、爆発の危険も無さそうだった。運転席では、関根が頭から血を流してぐったりとしている。

「関根さん」

コナンの呼びかけに返答はない。平次がガラスの割れたサイドドアから手を入れ、脈を診る。

「生きてんで！　はよ、救急車！」

警官達の動きが慌ただしくなる。すぐに救急車のサイレン音も聞こえてきた。

コナンと平次はいったん車の傍を離れる。ふと見ると、先頭車から阿知波が降り立つところだった。どうやらケガなどはしていないらしい。阿知波の元に伊織に連れられた紅葉が近付いていく。

コナンは襲撃者を見てつぶやいた、彼女の言葉を思い起こしていた。

『名頃先生…』

（──名頃⁉）

慌てて携帯をだし、灰原が送ってきた情報を開く。

画面に現れたのは、

「名頃鹿雄《なごろしかお》…　カルタ会『名頃会』を立ち上げ、京都を中心に活躍…　若手の育成に力を注いだが、五年前に行方不明となる」

（──こいつは…）

灰原がネットで拾ったという別の写真も開いてみる。全てカルタ大会のものだった。

その内の一枚にコナンの目が吸い寄せられる。札を弾《はじ》こうと大きく振りかぶった右手。

着物の袖から覗く右肘には、大きな傷跡があった。

九

大阪府警本部の応接室には、阿知波研介と京都府警綾小路警部が並んで座っていた。

平次とコナンはその向かいに腰を下ろす。まもなく、大滝が汗を拭いながら入って来た。

「いやもう、上の方は大騒ぎや！　こらしばらくは家にも帰れんで…　いや、綾小路ハン、今回は面倒事を引き受けてくれはって、助かりました」

「肝心の犯人を取り逃がしてしもたんやから、頭を下げんならんのは、こっちですわ」

頭を下げ合っている二人に向かって、平次がきいた。

「それで、関根の容体は、どうなんや？」

大滝が答える。

「病院からの連絡やと、まだ意識が戻らんらしい…　医者の話やと、助かるかどうかは五分五分やそうや…　一緒にいた大岡紅葉さん達にケガはなかった」

綾小路が横目で平次を見ながら言う。

「あんさんは関根が犯人やと推理しとったんですな…　それで、揺さぶりをかけて泳がせた…　そやけど、襲われたんは、その関根本人…　これをどう説明します？」

「正直、こっちも驚いているんや…　矢島殺しは関根で決まりやと思《おも》とった…　ただ、日売テレビの爆破の事とか、いくつかはっきりせんところがあったさかい、泳がせておいたんやけど…」

大滝は折り畳み椅子を広げ、そこにどっかと腰を下ろす。

「関根の意識が回復してくれればな…　ところで阿知波さん、こうなった以上、あなたにもきっちりと事情を聴かせてもらうで？　何か思い当たる事は、あらへんのか？」

綾小路もうなずく。

「日売テレビの爆破はもちろん、矢島殺しの方もな」

阿知波は口を閉じたままだ。コナンは言った。

「ねえねえ、名頃鹿雄さんって、誰なの？」

阿知波が驚愕の表情を浮かべ、コナンを見る。

「坊や、その名前をどこで？」

「襲われた時、あのバイクに乗った人を見て紅葉さんが言ったんだ…　名頃先生って」

それを聞いた阿知波はますます狼狽《ろうばい》する。

その反応を見た大滝は、凄味をきかせた声で迫る。

「ご存じの事があれば、洗いざらい、話していただきましょう」

阿知波はため息をつくと、肩を落として喋り始めた。

「京都に『名頃会』というカルタ会があって、名頃鹿雄君はそこのリーダーだった」

綾小路が言う。

「長年京都に住んでますけど、そんなカルタ会、聞いた事あらへんな」

「少数精鋭主義というのか、会員は二十人くらいしかおらず、毎日、厳しい練習をやっていたようです」

「当然、名頃もカルタを？」

「ええ、技量はかなりのものだった…　名人への挑戦権を得るのは時間の問題だったでしょう…　ただ、勝負への執着が強く、正直、傍で見ていても、美しいカルタとは言いがたかった…　仲間内の評判もよくなかった…　そんな名頃が五年前、うちに試合を申しこんできた」

「五年前いうたら…」

「そう、妻の皐月がまだ会長をしていた頃だ…　名頃は京都の稽古場にやって来て、皐月との対決を望んだ…　それもただの対決じゃない、負けた方が会をたたむという条件までつけて」

平次が言った。

「何やそら！　道場破りやないか」

「だけど、皐月さんからすれば、別に勝負を受ける必要はないよね」

とコナン。阿知波は重々しくため息をついた後、口を開いた。

「名頃は周到に準備をしていたのだよ、皐月が挑戦を断れないように…　まず、全国で行われている競技カルタの試合に、名頃会の会員を出場させたんだ…　その大会にエントリーしていた皐月の弟子のクセ、得意札、弱点などを綿密に調べ上げ、特別に訓練した自分の弟子を差し向け、皐月の弟子達をことごとく打ち負かしていったのだ…　まるで狙い打ちするかのようにな」

平次がうなずいた。

「なるほど、名頃会に対する恨みをたきつける事に成功したっちゅう訳か…」

「その後で、皐月に挑戦状を叩きつけた事をマスコミに漏らしたんだ」

当時の事が頭を過《よ》ぎったのか、阿知波の表情は苦々しいものになっていた。

「マスコミや弟子達の手前、挑戦を断れる雰囲気ではなかった…　結局、皐月は挑戦を受ける事にした…　いや、受けざるを得なかった」

「それで、試合はどうなったんや」

「試合は行われなかった」

「何やて？」

「今から五年前の十一月、京都岡崎会館で二人の試合は行われるはずだった…　しかし、開始時刻になっても、名頃は現れなかった」

「現れなかった？」

「皐月は一人、会場の真ん中で彼を待ち続けていた…　最終的に、名頃の試合放棄と見なされ、皐月が勝者になった…　そして、条件通り、『名頃会』は解散になった」

「その後、名頃鹿雄はどうなったんや？」

「表舞台から姿を消し、消息も摑めなくなった…　生きているのかどうかすら、判らない」

綾小路は胸ポケットからひょいと顔をだしたシマリスの頭をなでながら言う。

「それが今になって、突然、姿を現した…　何でです？」

コナンは言った。

「ねえねえ、『名頃会』が解散になった時、会員の人達はどうなったの？」

「希望すれば、皐月会に入れるようにした…　もっとも、入会したのは二人だけ…　他は皆、別の会に移っていった…　カルタをやめてしまった者もいる」

「その入会した二人って、もしかして…」

「ああ、関根君と大岡君だ」

大滝、綾小路の顔が緊張で引き締まる。

「今日狙われた二人が、揃って元名頃会の会員…」

阿知波は大きくうなずきながら、

「特に大岡紅葉君は名頃のテクニックを徹底的に教え込まれ、腕を上げていった…一番弟子と言える存在の彼女が皐月会の高校生チャンピオンとなって活躍している…名頃としても面白くないだろう」

平次が尋ねる。

「そやけど、殺された矢島は、もともと皐月会の者なんやろ」

「ああ…　ただ、五年前、名頃鹿雄の不戦敗が決まった時、『名頃会』解散を強硬に主張したのが矢島君なんだ…　皐月会の中には、『名頃会』を存続させて、穏便に済ませようとする意見もあったんだがね…」

大滝が膝を打ち、言った。

「つまり、一連の事件は、名頃による皐月会への復讐《ふくしゅう》か！」

綾小路も同意してうなずく。

「名頃の腕には大きな傷がありますな…　これは何でできた傷なんです？」

「詳しくは知りませんが、子供の頃に木から落ちて大ケガをしたとか…　その入院中にカルタを知り、のめり込んでいったと聞いていますが」

「綾小路警部、京都と大阪の事件、一つに繋《つな》がったようや…　合同捜査本部を立ち上げる事になると思うが…」

「うちの方としては、何の問題もないと思います」

「よっしゃ！　ほな、さっそく…」

応接室の電話が鳴った。大滝が受話器を取る。

「何や？　どないした？　何？　被害者の携帯にメール？」

大滝は何事かをメモして、電話を切った。

「関根の携帯を調べたところ、爆発の直前に、妙なメールが入っていたそうや…　差出人は不明で、えーっと『このたびは　幣《ぬさ》もとりあへず　手向山《たむけやま》　紅葉《もみじ》の錦《にしき》　神《かみ》のまにまに』とあったそうや」

平次は身を乗りだす。

「それは、百人一首、菅原道真《すがわらのみちざね》の歌」

「おい、もしかして…」

コナンは携帯を出し、蘭にかけた。

「コナン君！」

すぐに応答があった。

「もう、また勝手にいなくなっちゃって、心配したんだから」

「ごめん、すっごく急ぎの用事なんだ！　大岡紅葉さんは、近くにいる？」

「今はまだ診察中だけど…　あ、今、診察室から出てきた」

「急いで確認してくれないかな、携帯にメールが来ていないか？　すごく大事な事なんだ」

「判った！　ちょっと待って…　あのう、大岡紅葉さん！」

「あなたは、確かあの葉っぱちゃんのお友達…」

電話の向こうで、紅葉の声が聞こえた。

「わたし、毛利蘭っていいます…　ちょっといいですか？」

「どうかしはりました？」

「携帯を確認して欲しいんです、気になるメールが来ていないかどうか」

「病院に入る時、電源切ったままですけど…　あれ、これ、何やろ？　知らん人からメールが来てます、百人一首の歌やわぁ」

コナンの予想が当たっていたようだ。ただ事ならぬ様子に、平次も近付いてきて、携帯に耳を寄せる。

「それってどんな歌？」

「嵐吹《あらしふ》く　三室《みむろ》の山《やま》の　もみぢ葉《ば》は　竜田《たつた》の川《かわ》の　錦《にしき》なりけり」

平次が携帯を引ったくり叫んだ。

「紅葉、聞いてるか？」

「へ、平次君？」

「今夜は絶対に一人になったらあかんぞ、自宅にも帰るな！　ホテルかどっかに泊まるんや！　オレから警察に連絡して、警護のモンをやるさかい」

「なんぼ平次君の頼みでも、そらきけません…　明日は高校生皐月杯争奪戦、家に帰って、準備せんとあかんから…」

「そんな事言《ゆ》うてる場合か！　お前、狙われてるかもしれんのやぞ？　矢島さんや関根さんみたいな目に合《お》うてもええんか」

「ウチは大丈夫です、平次君がいてくれるから…　守ってくれますんやろ？　ウチの事」

「はぁ？」

「あの約束忘れてませんから…」

平次は舌打ちをして、携帯を耳から離す。

「切りおった」

阿知波が不安げに尋ねる。

「どういう事なんでしょう？　大岡君がどうかしたんですか？」

「やっぱり彼女のところにも、歌が届いていた…　『嵐吹《あらしふ》く　三室《みむろ》の山《やま》の　もみぢ葉《ば》は　竜田《たつた》の川《かわ》の　錦《にしき》なりけり』」

「六十九番能因法師《のういんほうし》か…　しかし、それが一体…」

コナンは頭の中で推理を組み立てながら答える。

「多分、犯人からのメッセージ」

大滝たちも、すぐにその意味を理解したようだった。

「すると、関根さんの携帯に送られた歌も…」

「それだけじゃないよ！　日売テレビの爆破現場にも、同じようなメッセージが残されていたんだよ」

阿知波はコナンと目を合わせ、

「そういえば…」

「爆弾が爆発する前、スピーカーから、歌が流れたでしょ？　あれも犯人からのメッセージだったんじゃないかな」

「あの歌は『奥山《おくやま》に　紅葉《もみじ》踏《ふ》み分《わ》け　鳴《な》く鹿《しか》の　声聞《こえき》く時《とき》ぞ　秋《あき》は悲《かな》しき』…　五番、猿丸太夫《さるまるだゆう》だ」

綾小路は首を傾げる。

「しかし、矢島殺しの現場に、それらしいものはなかったと思うが」

平次が答える。

「それや！　今回の事件をややこしくしてたんは、それやったんや」

また阿知波が尋ねる。

「どういう事です？　矢島君を殺したんは、関根君…　それがあなたの推理でしたな？」

「違う、関根は矢島を殺してへん…　関根がやったのは、現場の偽装だけ…　もっと正確に言えば、真犯人の偽装の上に新たな偽装を施したんや」

「よく判らないな」

平次の後を引き取り、コナンが続けた。

「つまり、矢島さんを殺した真犯人は、その場にメッセージを残して立ち去った…　関根さんはその後に土蔵に来て、遺体を見つけ、全く別の偽装を新たに加えたんだよ」

「な、何で、そんな事を？」

「昔の師匠の犯行を隠蔽する為」

綾小路が言う。

「関根は元々、『名頃会』の会員やった… つまり…師匠、名頃鹿雄の犯行を隠す為、強盗に見えるような偽装をした… そういう事か？ そやけど、肝心のメッセージは…？」

「真犯人は、矢島さんを殺害した後、右手にカルタ札を握らせたんや… それを、後から来た関根さんが抜き取り、並んでいたカルタ札の中に紛れ込ませた」

「そうすると、もう特定は困難やな」

「それを何とかするのが、探偵ちゅうもんや… なあ、坊主」

「うん、そろそろ結果が出る頃だと思うよ」

コナンは応接室にあったテレビを指さした。

「あれ、少しの間、使ってもいい？」

憤然とした面持ちで通話を終えた紅葉は、蘭の前である事を思いだしたのか、すぐにいつもの穏やかな表情に戻った。

「おおきに」

携帯を手渡すと、そのまま行こうとする。

「あ、紅葉さん」

「まだ、何か？」

「実は、あなたに、渡す物があって」

「何です？」

蘭は、パスケースを差しだした。

「これ、昨日、病院の廊下で拾ったんですけど…」

「それ！ ああ、探してたんです、おおきに！」

紅葉はパスケースを両手で受け取ると、ぎゅっと胸に押しつけた。

「これな、ウチのお守りみたいなもんなんです… これ無しで明日の試合、どうしようかと思てたけど、これで何とかなります… そちらとしては、敵に塩を送るみたいな格好になってしまいましたかなぁ」

「いえ…」

「…葉っぱちゃんはどうしてます？」

「葉っぱ… あぁ、和葉ちゃんなら、ホテルで練習を続けてます」

紅葉はネイルでキラキラと輝く自分の指を見つめる。

「練習し過ぎて指痛めんとええけどなぁ…」

「え？」

「あぁ、このネイルは指先を守る為のもんです、カルタは指先が命やから…　試合と練習以外の時はいっつも付けてます…　それで、まだ何かありますの？」

「あの…　さっき平次君に言ってた約束って…」

「あぁ…　これの事ですか？」

紅葉はパスケースを開き、中の写真を見せる。

「これは子供の頃に出たカルタ大会の時のもんですけど…　平次君に負けて泣いてたウチに彼が言うたんです…　泣くなや！　今度会《お》うたら嫁にとったるさかい、待っとけやって」

「よ、嫁に…とったる!?　そ、それって…」

「そう言うて、指切りまでしてくれはって…」

（えぇーっ！　ほんとにプロポーズだったのー!?）

「そやから、平次君はウチの未来の旦那さんです」

「で、でも子供の頃の約束だから…」

「子供も大人もあらへん！　男が一度口に出した事はそう簡単に曲げたらあきません！　違《ちゃ》いますか？」

紅葉の言葉で、蘭の脳裏にあの時の記憶がよみがえる。ロンドンで新一に告白された時の事だ。ビッグベンの前で、新一はこう言った。

『たとえオレがホームズでも解くのは無理だろうぜ、好きな女の心を正確に読み取るなんて事はな！』

「そう…　ですよね」

つい、同意してしまった。

「瀬《せ》をはやみ　岩《いわ》にせかるる　滝川《たきがわ》の　われても末《すえ》に　逢《あ》はむとぞ思ふ…」

「え？」

「身は離れてても心は繋《つな》がっていると信じてましたのに…」

紅葉の目にはうっすらと涙が浮かんでいた。

「も、紅葉さん…」

「とにかく、ウチは狙った札は誰にも取らせへん！　そう教わってきたと葉っぱちゃんに伝えといてください…」

丁寧にお辞儀をして、紅葉は廊下を歩いて行く。見送る蘭の胸には、不安が黒雲のようにわき上がっていた。

応接室にあるテレビに通信機をセットしたコナンは、電源を入れる。またも阿笠博士の顔が画面いっぱいに映し出された。

「うおっ！　もしかして、もう映っておるのか？」

「博士、頼んでおいた事、調べてくれた？」

「お？　おお、カルタ札の件じゃな？　実は少し手間取っていてな、もうそろそろ結果が出る頃なんじゃが…」

博士は、横目で後ろを覗う。そこには、パソコンに向き合う灰原の背中が。

「全く…　実際にやってるのは、私なのよ」

（まる聞こえだよ…）

テレビが、灰原のパソコン画面の映像に切り替わる。データ化されたカルタ札が解析され、画面上を右へ左へと高速で移動している。

大滝が言う。

「これは、何なんや？」

テレビから阿笠の声だけが聞こえてくる。

「カルタ札についた血しぶきの形を解析して、矢島さんが殺害された時の並びを再現しておるんじゃ…　血の飛び散り方、方向、大きさ、様々なデータを処理せねばならんから、どうしても時間がかかってのぉ」

画面では、矢島が作ったと思《おぼ》しき並びが、ほぼ完成している。だが、画面左上に札が一枚だけ、赤色で表示されていた。

「コナン君の話じゃと、問題の札は後から混ぜられたもの…　従って、本来の並びの中には入らない…　画面で赤く光っている一枚が、探している札じゃよ」

大滝が画面を食い入るように見ている。

「いや、こらすごいソフトや！　ぜひとも、鑑識に導入したいもんや」

「いやぁ、まだ試作品なもので、そこまでは…」

コナンはそっとソファーの後ろに回り、携帯で灰原にかける。

「灰原、サンキューな」

「間に合ったのならよかったけど…　それで？　捜査の方はどうなの？」

「思っていた以上に複雑な事件だ…　簡単に決着は付きそうもねえ」

「そう、ま、頑張ってね…　私は寝るから…　絶対に起こさないで」

「了解」

携帯をしまい、ソファーの陰から出る。テレビ上ではまだ阿笠博士が喋り続けていた。

「ポイントとなるのは、飛沫《ひまつ》血痕のパターン認識速度であって…」

「博士、そんな事はどうでもいいから、問題の札を早く見せてよ」

「うん？　ああ、すまんすまん、これじゃよ」

画面に赤い札が大きく示される。

『山川《やまかわ》に　風《かぜ》のかけたる　しがらみは　流《なが》れもあへぬ　紅葉《もみじ》なりけり』

皆の口から驚きの声がもれる。

平次が言った。

「日売テレビの爆破では、『奥山《おくやま》に　紅葉《もみじ》踏《ふ》み分《わ》け　鳴《な》く鹿《しか》の　声《こえ》聞《き》く時《とき》ぞ　秋《あき》は悲《かな》しき』の歌が流れた…　そして、関根さんの携帯には、『このたびは　幣《ぬさ》もとりあへず　手向山《たむけやま》　紅葉《もみじ》の錦《にしき》　神《かみ》のまにまに』が送られていた」

続いてコナン。

「大岡紅葉さんの携帯には『嵐吹《あらしふ》く　三室《みむろ》の山《やま》の　もみぢ葉《ば》は　竜田《たつた》の川《かわ》の　錦《にしき》なりけり』。それに加えて、矢島さんに『山川《やまかわ》に　風《かぜ》のかけたる　しがらみは　流《なが》れもあへぬ　紅葉《もみじ》なりけり』か…」

綾小路が言う。

「四つの歌に共通しているんは、季節が秋いう点と、歌ん中に紅葉が読み込まれている事ですな」

大滝の顔色が変わる。

「残るターゲットは大岡紅葉⁉」

平次がニヤリと笑う。

「確かに紅葉も標的の一人に違いない…　そやけど、この歌に込められたメッセージには、別の何かがある、オレはそう睨んでるんや…　どう思う、阿知波さん？」

阿知波は顔面蒼白で、心ここにあらずの体である。

「そんな…　やはり…」

「どないしました？　何か気ぃついた事があるんやったら、話してくれませんか？」

「この四つの歌は、全て名頃が得意札としていたものです…　あいつの名前は鹿雄、鹿の肉は〝もみじ〟とも言います…　あいつは、紅葉《もみじ》を読み込んだ秋の歌六つを、得意札にしていて、試合でも絶対に逃さなかった」

綾小路と大滝がうなずく。

「繋《つな》がりましたな、全ての事件が」

「ああ…　日売テレビ爆破に始まる一連の事件は名頃とその仲間による、皐月会への復讐…　自分の得意札六首を恨みのある六人に送ってるんや！　復讐だという意志を示しながら、次はお前だという恐怖を与える…　えらい事、考えよる」

そんな二人に対し、平次は首を振る。

「そやけど、紅葉を読み込んだ秋の歌は六つや…　まだ二つ残ってる…　謎は全て解けた訳やないで」

阿知波の携帯に着信があった。

「失礼」

画面を見た阿知波が「あっ」と声をもらし、固まってしまう。

「どうかしましたか？」

阿知波は震える手で、携帯をテーブルに置く。

「今、メールで届きました…　差出人は不明です」

画面には百人一首の歌が表示されていた。

『小倉山《おぐらやま》　峰《みね》の紅葉葉《もみじば》　心《こころ》あらば　今《いま》ひとたびの　みゆき待《ま》たなむ』

十

練習の邪魔をしないようにと、蘭はそっとドアを開けた。そのまましばらく耳をすましてみるが、中からは物音一つしない。

(練習、終わったのかな?)

靴を脱ぎ、広間への襖を開く。

「お待たせ! 冷たいお茶、買ってきた…よ」

部屋には和葉の姿しかない。

「あれ? 一人なんだ」

和葉は答えず、じっと畳に散らばったカルタ札を睨んでいる。

「どうしたの? 静華さんは?」

「部屋で、休んだはる…」

「あ、もし練習相手だったら、わたしが… あんまり、役には立たないけど…」

「違うねん」

和葉は札から目を離さない。

「実は静華さんに宿題を出されてん、自分の得意札を選べて」

「得意札？」

「自分が好きで思い入れのある歌や、自分の名前が入っていたりして頭に入りやすい札の事や！　劣勢の時でも、得意札が取れると、気分が変わって、逆転できたりするんや」

「もしかして、それって、紅葉さん対策？」

「そうらしいで」

和葉は静華の口調を真似て話しだす。

「大岡紅葉さんのカルタは典型的な攻めガルタや…　自分が取ると決めた札は確実に取っていく…　耳もええし、集中力もあるし、反射神経も抜群…　そんな相手に、守りガルタで対抗しても限界がある…　ここは、同じ攻めガルタで挑みなはれ！　その為には、自分の得意札を選ぶ事や…　この際、相手の得意札は捨てて、その代わり、自分の得意札は全部取る…　その気構えです」

「うわぁ、和葉ちゃん、似てるぅ」

「そんなとこ感心されても、うれしないわ」

「ごめん」

「さっきから、ずっと考えているんやけどなぁ、これぞっちゅう一枚が、決まらへんねん…　ああ、もうどないしよ…」

「そんなに悩む事かな」

「え？」

「百人一首って、恋の歌が多いんでしょ？　勝負とかそんな事考えないで、素直な気持ちで向き合えば、すぐに選べると思うけどな」

「…恋…か…」

「わたしならこれかな？」

蘭は札の中から一枚を取る。

「めぐり逢《あ》ひて　見《み》しやそれとも　わかぬ間《ま》に　雲《くも》がくれにし　夜半《やは》の月《つき》かな」

「紫式部《むらさきしきぶ》やな…　それって、せっかく会えた友達があっちゅう間に帰ってもうたゆう歌やけど…」

「うん…　あいつ、やっと会えたと思ったらすぐどっかに行っちゃうから…　こっちは話したい事いっぱいあるのにさ…」

「そ、そやね…　ほんならアタシは…」

和葉が一枚の札にさっと手を伸ばした。

「しのぶれど　色《いろ》に出《い》でにけり　わが恋《こい》は　ものや思《おも》ふと　人《ひと》の問《と》ふまで」

「隠しても隠しきれない恋の歌…　和葉ちゃんにピッタリかも♥　子供達にもバレバレだったし…　紅葉さんにも…」

「そやからこの札っちゅう訳やないんやけど…　何であの紅葉っちゅう女、あない自信たっぷりなんやろ？　まるで平次の婚約者気取りや…」

あの写真の事が頭を過《よ》ぎる。

「そ、そだね…」

言えない…　服部君が子供の頃、紅葉さんにプロポーズしてたなんて…

蘭にできたのは、曖昧にうなずく事だけだった。

大岡紅葉はカーテンの隙間から、そっと表の様子を覗う。目に入るのは、門の前にいる警察官だけだ。

紅葉は伊織を呼ぶ。

「伊織！　平次君、まだ来ぃひんのです？」

音もなくドアが開き、伊織の姿が現れる。

「関根様の件もございますし、いろいろとお忙しいのではないかと」

「お茶をお持ちいたしましょうか？」

「今はええわ」

紅葉は窓辺の椅子に腰を下ろし、誰にともなく言った。

「皐月会、これからどうなるんでしょ…」

部屋を出ようとしていた伊織が足を止め、向き直った。

「と、申されますと？」

「矢島さんが殺されて、関根さんもあんな事になってしもたでしょ？　それに、高速で襲われた時、ウチ見たんです…　犯人の右腕にある大きな傷…　あれは絶対、名頃先生や思います」

「警察も、その名頃という人を追っているようでございますな」

「小学生の頃、たまたま名頃会の稽古場が近くにあって、興味本位で覗いたんが始まりです…　名頃先生に見いだされて、鍛えられた…　勝負事の鬼みたいな人やった…　口が悪うてあっちこっちで問題起こして、いろいろ誤解されてるみたいやけど、カルタの強さは本物でした」

「そう…　そうやなぁ」

紅葉は、パスケースを開き、名頃の写真に目を落とす。

「名頃先生…　何であの日、試合会場に来《き》ぃひんかったんやろか」

「紅葉様…」

「今頃になって、何でこんな事…　ウチは先生の教えを守って先生から教わったカルタを今も必死にやり続けてるだけやのに…」

平次のバイクが大岡邸の前で停止すると、コナンは後部シートから飛び降りた。門の前には二人の制服警官がいる。

ヘルメットを取った平次を見ると、すぐに敬礼をする。

「ご苦労様です！　今のところ、異常はありません」

「綾小路警部より連絡が入っています！　至急、京都府警本部まで来ていただきたいと」

「何やて？」

「緊急事態との事です…　携帯での通話も控えるようにと」

「何とまあ」

コナンは足を止め、尋ねる。

「ねえねえ、門のところにある傘って、お巡りさん達のもの？」

警官はニコリと人の好《よ》い笑みを浮かべ答えた。

「そうだよ、坊や…　天気予報で、もしかすると雨が降るかもしれないって言ってたからね」

「そうなんだ、大変だね」

「君も気をつけてね」

警官は笑顔のまま、敬礼をした。

コナンが再び後ろに乗ると、すぐにバイクがスタートする。そのまま一気に加速、大岡邸はすぐに見えなくなった。


紅葉はまた窓の外を見る。平次の姿はない。立ち番をしている警官までいなくなってしまった。

伊織にはいらないと言ったが、やっぱりお茶を飲んで、少し気分を変えよう。紅葉は立ち上がり、階段を下りる。

インターホンが鳴った。玄関ドアの向こうで声がする。

「警備の者ですが、すみません…　緊急の連絡がありまして、開けていただけませんか」

「はい」

紅葉は玄関のロックを外した。その時、背後から伊織の鋭い声が。

「お嬢様、誰が来ても、絶対にロックを外してはならないと…」

ドアが勢いよく開き、警察官二人が中に入ってきた。二人とも手に傘を持っている。

二人はニヤリと笑うと、閉じた傘の中から、鉄パイプを抜きだした。

「お嬢様！」

伊織に手を引かれ、廊下を奥へと進む。二人は鉄パイプで床をゴリゴリとこすりながら、追ってくる。

リビングに入ると、伊織が窓の鍵を外し開けた。そこから中庭に出られる。

紅葉は素足のまま、ひんやりとした芝生に下りた。

「逃げられると思うなよ」

二人も勢いよく駆けてきて、庭に下り立つ。伊織が紅葉をかばう。二人は鉄パイプを振り上げながら、ジリジリと近づいて来る。

「まずはそいつから、片付けてやる」

「止めとけ」

声のした方を振り返る二人。塀の上に、木刀を持った平次の姿があった。

「ええか、制服警官は傘を持ち歩いたりせえへん！　指定の雨具があるんや…　もうちょっと勉強しとけや」

平次はひらりと塀から飛び降りると、木刀を手前にいた一人に突きつける。まず平次から片付けようというのだろう、二人は同時に襲いかかった。平次は木刀で巧みに攻撃を捌《さば》き、一人に小手を決める。

「うわっ」

鉄パイプが芝生に転がった。しゃがみ込んだその男を飛び越え、もう一人が躍りかかる。こちらの方が腕は上のようだ。鉄パイプと木刀の受け、突きが激しく交錯する。じりじりと後退していく平次。

「平次君！」

「はよ逃げえ！」

伊織に手を取られた。

「紅葉様、こちらへ」

「やっぱり、来てくれはった！」

コナンが大岡邸に入った時、闘いは既に始まっていた。門の陰には制服を奪われた二人の警察官が、ロープで縛られ転がっていた。背後から殴られ気絶しているだけらしい。警備の警官に化けて夜更けを待ち、頃合いを見て襲いかかる――そんな計画だったのだろう。

二対一の闘いはほぼ互角のようだった。敵の一人は武器を取り落とし、手首を押さえている。もう一人が激しく平次に打ちかかっているが、平次はそれらをことごとく捌《さば》いていた。一方紅葉は、伊織によって安全な場所まで退避していた。

鉄パイプで平次を追い詰めている男に、疲労の影が見え始める。

（なるほど、それを狙っていたか）

わざと手をださせて、スタミナを奪う作戦だ。相手が不用意に振りかぶったところで、平次が素早く動き、完璧な胴を決めた。男は呻《うめ》き声すらださず、その場に崩れ落ちる。

その瞬間、今まで手首を押さえ呻《うめ》いていた男が庭の土を摑み、平次の顔めがけて投げつけた。

「うわっ」

目つぶしだ。男は左手で、落ちていた鉄パイプを取る。

「ぐっ……」

視界がきかず、足元の石につまずいて倒れる平次。

「その状態なら、左手一本でＯＫさ」

男が笑いながら、鉄パイプを振りかぶる。

植え込みの陰から、伊織を振り切った紅葉が走り出てきた。

「平次君、危ない」

「紅葉様！」

平次をかばって、覆い被さる紅葉。

「アホ、紅葉、どけっ！」

「そっちから出てきてくれるとは、好都合…　ぐわっ」

コナンが蹴ったヘルメットが、男の後頭部に命中した。男は意識を無くし、仰向けに倒れる。キック力増強シューズのメモリは抑え目にしておいた。少しすれば目を覚ますだろう。

「紅葉様」

伊織が駆け寄る。平次はぐったりとした紅葉を、そっと抱き起こす。

「気ぃ失ってるだけや…　全く度胸があるのかないのか」

平次は木の陰にいるコナンに、小さくうなずいてみせた。

遠くにパトカーのサイレンが聞こえてくる。

「よっしゃ、もう大丈夫や！　あとは綾小路のおっさんが、面倒みてくれる」

立ち上がる平次に、伊織が言った。

「平次様…　できれば今晩お嬢様と一緒にいていただきたいのですが…」

「悪いなぁ…　どうしても行かんならんとこがあんのや」

平次は身を翻し、塀を乗り越える。それを見届けたコナンも玄関へと回り、表に出る。平次は既にバイクにまたがり、エンジンをかけていた。ヘルメットをかぶり、後ろに飛び乗る。

「行くで」

バイクは猛スピードで走りだす。バックミラーには、紅葉を抱く伊織の姿が映っていた。

十一

平次とコナンは阿知波研介が長期滞在しているホテルの部屋を訪れていた。

「まあ、入ってくれ」

最上階のスイートルームである。大阪の夜景が一望の下に見渡せる。

「さすが、不動産王ともなると、豪勢なもんやな」

「こんな時でも、助手の坊やは一緒なんだね」

阿知波はコナンを見て言う。

「当たり前や、大事な相棒やからな」

「よろしくね」

コナンは、テーブルに並んだ写真を見ていく。

「ねえ、これっていつの写真?」

駐車場と思しき場所で、皐月が微笑んでいる。その後ろには車があり、阿知波がしゃがみ込み、足回りの汚れを確認している。

「それは…　あの試合当日に撮ったものだ」

「名頃さんとの試合の日だね」

「ああ、岡崎会館の駐車場や…　結局、試合は行われなかったがね…　さあ、二人共、座ってくれ」

平次とコナンは並んで座り、阿知波と向き合う。

「余計な前置きは抜きや、話したい事というのは?」

「名頃鹿雄の事や…　実はまだ、警察にも話していない事がある」

コナンは平次と目を合わせる。

「何かあるとは薄々感じてたけどなぁ」

「名頃は皐月に試合を申し込みながら、どうして、試合当日、会場に姿を見せなかったのか？　その理由については、誰に言う事もなく、墓に持っていくつもりだったが…　こんな事件が起きてしまっては、もはや黙っている訳にもいかない…　まずは君達にだけ、聞いてもらおうと思ってね…　実は、試合の前の晩、名頃は皐月を訪ね、自宅にやって来たんだ」

「何やて？」

「私は翌日の準備で留守にしていた、皐月は一人だった…　皐月から聞いた話だと、名頃が突然訪ねて来て、例のカルタ札を一目見たいと言ったそうだ」

「カルタ札て、あの決勝戦にだけ使う奴か？」

「そうだ…　いつもはしっかりと管理してもらうんだが、翌日、試合会場に展示する事になっていてね、一晩だけ私の家に置いてあったのだ…　皐月は仕方なく名頃を家に上げ、カルタ札を見せてやった…　あいつが、それだけで満足して帰ってくれればよかったんだが…」

「まだ何かあったんか？」

「そのカルタ札で、試合をしたいと言いだしたらしいんや」

「試合て…　翌日、やるつもりやったんやろ？」

「皐月の話だと、少し酔っていたようだ…　前哨戦《ぜんしょうせん》として一試合やりたい、このカルタ札で試合をするのは長年の悲願だ…　内輪だけの、決して外に知られる事のない勝負だと」

「そやけど、読手はどないするんや？　家には二人だけやったんやろ」

「家には皐月の練習用に歌を吹き込んだカセットが置いてあった」

阿知波は昔を思いだしたのか、小さく笑った。

「CDの使い方はよく判らないと、いつもカセットを使っていたよ」

「ほな、ほんまに試合を？」

「ああ…　結果は、皐月の圧勝だった…　名頃は手も足も出なかったらしい」

「それで、名頃は？」

「私が帰宅した時、もう勝負はついていてね…　真っ青な顔をした名頃は、何も言わず私を突き飛ばすようにして、出ていったよ…　彼の姿を見たのは、それが最後だ…　翌日、試合会場に現れず、名頃会はそのまま、解散となった」

「何でその事、警察に言わんかった？」

「警察に言えば、マスコミや会員達にももれる…　あの由緒あるカルタを、成り行きとはいえ、私闘ともいえる勝負に使ったと判れば、会員達の反発もある…　明日は高校生皐月杯争奪戦だ…　これ以上の混乱は避けたかった」

「まあ、アンタの言《ゆ》う事も判らんではないけどな…　で？　警察にも言えんかった事を、何でオレらに話したんや？」

「大岡君を守って欲しいのだ！　どう考えても、今の名頃は普通じゃない」

「名頃会から皐月会に鞍替《くらが》えして活躍している二人、関根と紅葉も憎しみの対象という訳やな」

「警察を信用しない訳ではないが、どうやら名頃の方が一枚上手《うわて》のようだ…　頼れるのは、君達しかいない…　どうか、この通り」

阿知波はテーブルに手をついて、頭を下げる。

「阿知波さん、頭を上げてくれ…　アンタに言われんでも、紅葉はオレらが守る！　名頃みたいな奴に好き放題やられたら、探偵の名折れやからのぉ！」

「ありがとう、これで皐月も安心するだろう」

テーブルには、皐月の写真が置いてあった。真っ赤に色付いた紅葉の前で、着物姿の皐月が笑っている。

何となく寂しそうな笑顔だな。

写真を見ながら、コナンは思った。


「よっしゃぁ」

和葉がガッツポーズをして、最後の札を掲げた。

その前で静華が目を細めている。

「とうとう、やられましたな」

「蘭ちゃん、勝ったで！　おばちゃんに、勝った」

「すごい、和葉ちゃん」

蘭は広間の隣で二人のために紅茶を淹れている。

(えぇっと、静華さんは砂糖一つ、和葉ちゃんは二つと)

角砂糖を紅茶の中に入れる。ポチャンという微かな音がした。

隣から和葉の声がする。

「蘭ちゃん二つじゃ足りひん、あと二つ入れてくれへん？　アタシの脳みそが甘いもん欲しがってんねん！」

「う、うん…　判った…」

角砂糖に手を伸ばしながら、蘭はハッとする。

――今の音…　聞こえたの？

紅茶をお盆に載せて、広間に戻る。既に、次の練習に備え、札が並べられていた。

「和葉ちゃん、少し休んだら？　紅茶も入ったし」

和葉は蘭の言葉に耳も貸さず、カップを取り、口に含む。

「むはっ、甘っ！」

「和葉ちゃんが、入れろって言ったのよ」

「よ、四個は多すぎたかな」

それでもクイッと紅茶を飲み干してしまう。

「まだや、まだまだや！　囲い手とか渡り手とか、まだ上手く使えへんし、試合の流れも読めへん…　このままやったら平次が…」

「オレがどないしたんや？」

ひょいと平次が顔をだした。和葉は目をパチクリさせている。

「へ、平次…!?」

「何や和葉、怖い顔して…　誰かとケンカしとんのか？」

「うるさいわアホ！　アンタはあの子のボディーガードなんやろ？　はよ向こうに帰りィ！」

「何や……せっかく疲れたこのオバハンの代わりにお前の相手したろと思て来たのに……オレ、カルタでお前に負けた事あらへんし」

「そら、小学校の頃の話や！　今やったら相手にならへんわ！」

その時、平次の後をついてきたコナンが、言った。

「ねえねえ、平次兄ちゃん、その小学校の頃に出たカルタの大会の事、何も覚えてないの？　その大会で負かした女の子の事とか……」

平次がハッとした顔でコナンを見下ろす。

「そうか、そうやったんや」

和葉がきく。

「どないしたん？」

「大岡紅葉や、どっかで会《お》うた事があると思てたやろ？　いま、思いだしたで……和葉、あの時のカルタ大会や」

「え？」

「小学生の頃、飛び入りで出たカルタ大会」

「ああ、平次が優勝した、あれ」

「あの時、決勝で負けて、大泣きしとった女の子がおったやろ」

「そう言うたら…　決勝で平次と当たって、負けたんは、女の子やったな」

「あれが大岡紅葉や」

和葉もようやく思いだしたらしい。

「彼女、素人相手に屈辱的な負け方をした事があるって言《ゆ》うてたわ！」

蘭は勢いこんで、平次に尋ねる。

「じゃあ、それは、服部君との試合だったのね…」

「そうみたいやな」

「で？　覚えてない？」

「何をや？」

あとひと息。コナンは言った。

「その時、紅葉さんと何か約束したんじゃないの？」

「さぁ…『次は頑張りやー』みたいな事、言《ゆ》うた気はするけど…」

「とにかく平次ははよ戻って！　あの子の事、守らんとあかんのやろ？」

「あ、あぁ…」

「試合前、あの子にケガでもされたら勝負できひんし…」

「判った、そうするわ…　ほんならオカン！　後は任せたで！」

平次とコナンは慌ただしく、部屋を出て行く。それを見送る和葉の手に、「しのぶれど」の札が握られていることに、蘭は気付いていた。

## 十二

皐月会館の表門は早朝から物々しい雰囲気に包まれていた。何台もの警察車が駐まり、警察官達が忙しげに行き交っている。

門の前には、「高校生皐月杯争奪戦」と大きく書かれた木札が置かれ、和装の見学者達や関係者、それにマスコミの人間が会場へと続く道に列をなしている。

天気は秋晴れで、雲一つない青空が広がっている。降り注ぐ陽光の中、紅葉《こうよう》の盛りを迎えたもみじが、燃え立つばかりの色を誇っていた。

門の東西二か所にある駐車場にまだ空きはあったが、次々とやってくるパトカーや人員輸送車の為、激しい渋滞も起きていた。

それらの間を縫い、後ろにコナンを乗せた平次のバイクは、タイヤを軋ませながら、門前へと滑り込む。

「ふう、何とか間に合《お》うた」

ヘルメットを外しながら、平次が言う。

「いよいよやな」

「ああ」

コナンはバイクから降りると、階段の向こうにあるかまぼこ形の建物を見上げる。

蘭はあそこで観戦しているはずだ。

コナンは携帯をだし、ネット中継のアプリを立ち上げる。今日の試合の様子は、ネットを通じて生中継される。その為の機材なども全て、皐月会館の中に用意されているらしい。

(本当は蘭と一緒に、ゆっくり観戦したいところなんだがな)

携帯の画面に、スーツ姿の男性と和装の男性が映しだされる。

『おはようございます！　いよいよ始まりました、高校生皐月杯争奪戦…　今年も私、宮葉《みやば》勝弘《かつひろ》と日本カルタ協会七段名人の川添善久《かわぞえよしひさ》さんの解説で、ここ、皐月会館、選手控え室より、お伝えしてまいります！　川添さん、よろしくお願いいたします』

画面が切り替わり、皐月会館の試合会場が映る。まずは予選Aブロックだ。十六人八組が既に札を並べ終えていた。その真ん中にいるのは、紅葉だ。いつもと同じ、落ち着いた様子で、試合開始を待っている。

宮葉が言う。

『さて、もうまもなく始まる予選ですが、今年の注目はどんなところでしょうか』

『何と言っても、大岡紅葉さんの連覇なるかというところでしょうね』

『二か月前に行われた西日本競技カルタ大会でも、圧倒的な強さを見せて優勝しています』

『向かうところ、敵無しといった状況ですね』

続いてBブロックが映った。画面を見つめるコナンの後ろから、平次が覗き込んできた。

「おっと、Bブロックか」

こちらはまだ札を並べ終えていない者がほとんどだった。その中で、すでに悠々と素振りをしている選手がいる。昨年、準優勝の和智佐余子である。

『こちらには、宝島学園の和智佐余子さんがいます』

『昨年の決勝戦での激闘が、思いだされますね』

『和智さんも気合い充分といったところですから、どうなるか判りませんよ』

『和智さん以外に注目の選手は？』

『改方学園代表の枚本未来子さん…　最近、めきめきと力をつけてきました…　今回、大番くるわせもあるのではないかと期待していたのですが、残念ながら、出場辞退されました』

『ええっと、枚本選手に代わり出場するのが、遠山和葉選手…　ええ、試合経験は無しとの事で、手元には何のデータも無い訳なんですが』

解説を受け、画面には和葉の姿が大写しとなる。それを見て、コナンも平次も思わず絶句する。

「こ、これ…」

「あいつ、何考えとんのや」

他の選手達が、色とりどりの着物姿であるのに対し、和葉が着ていたのは、合気道の道着だった。

『こ、これは…　遠山選手、驚きました、合気道の袴《はかま》でしょうか…』

解説の川添は苦笑まじりに言った。

『遠山選手、今回は勝敗にこだわらず、のびのびとやってもらいたいですね』

平次がムッと眉を顰《ひそ》める。

「勝手な事言いよって…　和葉の腕前見て、腰抜かすなよ」

蘭は皐月会館ロビーに設置された巨大なモニターで、試合会場の様子を見つめていた。今日はこの場が特別の観覧席となるようだった。床には椅子が並べられ、もうほとんどが人で埋まっている。蘭はロビーを出て、通路の隅へと移動する。そこで小五郎に電話をした。

「もしもし」

「はいはーい」

何と出たのは元太だった。

「え？　元太君？　お父さんは？」

「缶ビール買いに行っちゃった」

「もう、お父さんたら…」

「ついでにアイスも買ってきてくれるってさ」

その横から光彦の声が聞こえた。

「ボク達、ホテルのモニターで、試合の中継を見ているんです」

そして歩美だ。

「さっき和葉お姉ちゃん、映ってたよ！　ここでめいっぱい、応援するね」

「そう、ありがとう」

「あ、小五郎おじさん、帰ってきたよ」

携帯を渡す音がして、小五郎の声が響く。既にやや呂律《ろれつ》が怪しくなっていた。

「おぅ、蘭か」

「蘭か、じゃないわよ！　ちゃんと、子供達の面倒見てよね」

「大丈夫だよ…　それにしても何だな、たかがカルタの試合にえらい騒ぎだよな」

「たかがカルタ…」

いつの間にか、静華が蘭の後ろに立っていた。小五郎の狼狽《うろた》えた声が響く。

「そ、その声は…!?」

「私の耳には、そう聞こえましたがな」

「ひゃああ、静華さん…　い、いえ、そ、そんなつもりは…（ブチッ）」

通話は切れた。

蘭は静華を振り返る。

「服部君のお母さん、どうしてここに？」

「何やじっとしていられませんでしてな、こうやって押しかけてきましたんや」

「それじゃあ、一緒に観戦しましょう！　もうすぐ始まりますよ」

静華の目は、ロビーに置かれたモニターに注がれている。画面には和葉の姿が映っていた。

「和葉ちゃん、頑張って」

蘭は心の中でつぶやいた。


時計が午前九時を指した。

それぞれの会場に序歌《じょか》が響き渡る。

いよいよか…　コナンは携帯から目を離し、周囲の様子を確認する。観覧者やマスコミは皆、会場に入り、外には警察関係者の姿しかない。深い緑と紅葉の中、鳥の囀《さえず》りが聞こえ、平穏な時が流れている。このまま何事も起きなければいいんだが。コナンは心からそう願った。

画面に目を戻すと、読手が最初の読み札を手にしたところだった。

『月《つき》みれば——』

一斉に選手達が動く。

『ちぢにものこそ　悲《かな》しけれ』

勝負は一瞬だ。カメラは難なく札を取った紅葉、佐余子を撮っている。

「和葉は？　和葉を映さんかい」

平次の怒鳴り声も虚《むな》しく、試合は進んで行く。

「おう、平ちゃん、ここにおったんかいな」

大滝が手を振りながら近づいてきた。

「大滝ハン、何かあったんか？」

「いや、今のところ、異常なしや…　京都府警の綾小路警部から連絡があった…　昨夜、大岡邸で捕まった二人、やっと吐いたそうや…　二人はお互いの名前も知らん、赤の他人同士や…　ネットで知り合《お》うて、名頃から今回の件を持ちかけられたらしい」

「ネット絡みとなると、やっかいやな」

「ああ…　連絡はメールか電話、名頃の素顔も見てないらしい…　手がかりにはならんな…　まあ、二人とも叩けば埃《ほこり》の出る体や、余罪をたっぷりつけてぶち込むと、綾小路警部、張り切ってたわ」

「となると、残りは主犯の名頃一人やな」

「こんだけ警備を固めてんのやから、手も足も出んやろ…　今頃、どっかで小そうなってんのと違うか」

「大滝ハン、油断は禁物や！　あいつはまだ、大量の爆薬を持ってんのやさかい」

「ああ、そうやな」


大阪府警の森本《もりもと》巡査は、正門の西側にある通用門の警護を担当していた。通るのは主に皐月会関係者で、身分証にある顔写真と本人を確認し、問題がなければ中に通す段取りになっている。朝から五十人以上、そうやってチェックをしてきた。その間、片時も気を緩められず、お茶一杯、飲む事もできなかった。しかし、交代時間まであともう少しだ。

人が途切れたところで、軽く伸びをした。すると、道を一台の軽トラックがやってくる。荷台の横には、「水のトラブル解決」と書いてあった。運転席には、キャップを目深にかぶった男が一人、乗っている。森本はトラックを停止させた。


「身分証を」

「えらく物々しいねぇ」

男は社員証を見せた。顔写真とも一致する。

「水のトラブルって、何かあったんか？」

「事務所の天井から水が漏るっちゅう話で、修理に呼ばれて来たんやけど」

森本は無線で確認を取る。応答はすぐにあった。皐月会館の北側にある事務所で水漏れが起き、修理の為に業者を呼んだらしい。

森本は社員証を男に返す。

「失礼しました……では、中へ……」

男はホッとした様子で、車を進めようとする。森本は慌ててそれを止める。

「あ、待って」

「な、何ですの？」

「右手を見せてくれませんか？」

「右手？　何で」

「とにかく、お願いします」

男は首を傾げつつ、作業着の袖をめくった。筋肉質の太い腕だが、傷などは何もない。

「失礼しました、どうぞ」

「ったく、何やねん」

軽トラックは、ゆっくりと走り去っていった。

（交代まであと五分か…　勤務が終わったら、ラーメン食べて、ぐっすり寝よう）

森本はこらえきれず、欠伸《あくび》をした。

『おっと、早くも一回戦、勝敗の決したところがあるようです』

宮葉の声が響く。画面に映ったのは、札をまとめて審査員に返しに行く紅葉の姿だった。

『大岡紅葉選手です…　いやあ、さすがですねぇ…　おや、Bブロックでも、試合が終わった組があるようです…　ええっと…』

画面がBブロックに切り替わる。立ち上がったのは、佐余子である。

『和智佐余子選手です…　和智選手も、一回戦突破です…　あ、も、もう一人…』

続いて画面に大映しとなったのは、和葉だ。礼をして札を集め始める。

『遠山和葉選手、一回戦突破です！』

「よっしゃ、和葉！　ええぞ」

ガッツポーズを決める平次。するとメール着信を知らせるアラームが響いた。中継を切り、確認してみる。

「な、何だこれ…」

差出人は、子供達三人だ。画像が添付されており、ホテルの土産物店で、試食用の千枚漬けを、元太が鷲づかみにして食べているシーンが映し出された。

その瞬間、コナンの全身に電流が走った。頭の片隅にあった疑問…　その答えが見つかりそうなのだ。だが、ひらめいた答えは、まだ曖昧模糊としていて、形にはならない。もどかしい思いで、コナンは画像を見つめる。そこに平次の声が割りこんできた。

「おい、せっかく和葉が勝ったっちゅうのに、はよ中継観せてくれや」

「あ、ああ…」

コナンは画面を中継に戻す。だが、二回戦が始まるまで、中継は一時中断するとの表示が出た。

平次は肩を竦《すく》め、澄んだ青空を見上げる。

「ま、名頃が行動を起こすのは、決勝戦が始まってからやろうからな…　とりあえず今は、嵐の前の何とやらちゅう奴や」

「それなら一つ、こいつを検討してみようぜ」

コナンは更に携帯を操作し、新たな動画をだした。先のひらめきは、まだ形になっていないが、そこにこだわっている時間はない。疑問はまだ他にもあるのだ。

再生が始まったのは、紅葉と佐余子による、昨年の決勝戦の映像だ。

「綾小路警部に頼んで、動画を送ってもらったんだ…　あの日、矢島さんが見ていたDVDのな」

「今更そんなもん見て、どないすんのや」

「矢島さんが何故このDVDを見ていたのか、その疑問はまだ解決できていない…動画の中に、ヒントがあるかもしれねえだろ」

「警察は練習の為に再生していただけやろうと、結論付けてたけどな」

「だが、土蔵にはこれの他に、皐月会二大大会決勝戦のDVDがあったんだよな」

「ああ…　それも十年分だ」

「練習に使うなら、もっといろいろな大会の映像があってもいいんじゃないか？　どうして、二大大会、それも決勝だけなんだ？」

「言われてみれば、その通りや…　もしかすると、何らかの意図があるのかもしれん」

「皐月会二大大会の決勝、その共通項といえば…」

コナンは平次と顔を見合わせる。

「カルタ！」

『現在、暗記時間の十五分です…　第二回戦開始まで、まもなくです』

試合の中継が再開され、再びモニターに試合会場が映る。

ロビーの特別観覧席で、蘭は静華と共に試合の展開を見守る。

静華がつぶやく。

「一回戦、滑り出しはまあまあどしたな…　真価が問われるんは、この二回戦からや」

カメラがBブロックに切り替わった。佐余子に続いて、和葉が映る。札を並べ終え、それを鋭い目で見つめている。

(和葉ちゃん…)

刀圭学園《とうけいがくえん》の瀬田《せた》は、皐月会館を抜け出し、壁に沿ってぶらぶら歩いていた。一回戦突破を目標に乗り込んできたものの、あっさりと敗北。体中の力が抜けてしまった。

このまままっさと帰るべきか、実力者達の試合を見学していくべきか。

(それにしても、警官ばっかりだな)

歩いていると、警備の警察官が無遠慮な視線を向けてくる。

嫌気が差して、建物の裏に回った。北側には事務所や倉庫があったはずだ。どこかで一人きりになり、気持ちの整理をつけたかった。

角を曲がり少し行くと、森に面した薄暗い場所に出た。警察官の姿もここにはない。壁にもたれ、ホッとため息をつく。

事務所の建物の向こう側で、車の駐まる音がした。瀬田はそっと顔をだす。軽トラックが一台駐まっていた。横には「水のトラブル解決」とある。キャップをかぶった男が一人、荷台で何やらごそごそやっている。

(水回りの修理に来たのか)

気付かれぬよう戻ろうとした時、男が右腕の作業着をまくり上げた。そして左手を右肘に当てると、皮膚の表面から何かをはがし始めた。

(ケガでもして、絆創膏《ばんそうこう》でも貼ってたのかな?)

はがし終えた男は、荷台から大きなダンボール箱を一つ、地面に下ろした。そのとき、まくったままの右腕に走る、大きな傷跡が見えた。

(うわっ、すげえ傷!)

瀬田は足音を忍ばせ、その場を離れる。結局、一人きりになれる場所はどこにもないらしい。とりあえず、中に戻って試合を観戦しよう。瀬田は現在、二年生。また来年に向けて、練習をするのだ。

（今度こそ、一回戦、突破してやるぞ）

傷の男の記憶は、瀬田の頭からは既に消えていた。

『わたの原《はら》…』

紅葉の手が札に触れる。三回戦も圧勝だった。礼をして、札を集めていく。

カメラはすぐにBブロックへと切り替わる。

『月《つき》みれば…』

和葉が相手陣地の札を弾《はじ》く。額にうっすらと汗を浮かべた和葉は礼をして札を整えていく。その横では、同じく佐余子が勝利を収めていた。

蘭は静華に言った。

「すごい和葉ちゃん、佐余子さんより先に勝ちました」

静華は表情を変えず、小さくうなずく。

宮葉と川添の解説が始まった。

『Aブロック、大岡紅葉選手、Bブロック、和智佐余子選手、遠山和葉選手の四回戦進出が決まりました』

『遠山選手、素晴らしいですね！　とても、初出場とは思えません』

『次はいよいよ、和智選手との対戦ですが』

『楽しみな一戦ですね』

『では、いったん中継を終了します…　予選最終戦に合わせて、四十分後に再開予定です』

映像が消えた為、蘭の周りにいた観戦者達は、ぞろぞろとその場を後にしていく。

「服部君のお母さん、どうします？　お茶でも飲みますか？」

「いえ、私はここにいます」

「あ…」

選手控え室に通じるドアが開き、和葉が顔を覗かせた。

「和葉ちゃん」

「蘭ちゃん！　うわっ、おばちゃんも！」

蘭は席を立ち、和葉に駆け寄る。

「おめでとう！　三回戦突破、すごいね！」

「ここまでは何とかバッチリや！　上手い事いき過ぎて、自分でもびっくりやわぁ」

「観客の人達もびっくりしてるみたい」

「さあ、次はいよいよ、和智佐余子や！　負けへんでぇ！」

「服部君達、どこにいるんだろうね」

「多分、犯人捜して、走り回ってるんや」

「携帯、確認してみたら？　連絡来てるかもしれないよ」

「それがあかんねん、試合中は携帯とか私物は全部預けなあかんさかい…」

「そうなんだ」

「さあ、気合い入れ直しやぁ」


　正門の前で、警官達に指示を出す大滝を見つけ、コナンと平次は近付いていった。

「おう、平ちゃんとコナン君か、ちょうど良かった…　綾小路警部からまた報告や、関根が意識を取り戻した」

「ほんまか？」

「ああ…　医者の許可もろて、少しの時間、話を聞いたそうや…　それによると、平ちゃんの推理がほぼ図星やった…　土蔵に行くと、矢島が死んどる…　手に握っていた札で、すぐに名頃が犯人と判ったそうや…　そこで慌てて、強盗に見せかける偽装をした」

コナンは大滝の袖を引き、尋ねた。

「ねえ、大滝警部…　関根さんは、どうしてその時間に、土蔵を訪ねたのかな？」

「小《ちい》ちゃいくせに、相変わらずええとこに気ぃ付くなぁ…　関根が言うには、ここ最近、矢島は名頃に関するあれこれを探り回っていたらしい…　それに気づいた関根は、矢島を張っていたんやな…　矢島が殺された日も、午後二時くらいから土蔵の外で張り込んでたそうや」

「午後二時か、犯行時刻は午後一時過ぎ…　もう少しはよう来てくれてたらなぁ」

「三十分程見張ってたけど、何や様子がおかしい…　そこで、土蔵に入り、遺体を見つけた…　まあ、一応、筋は通ってる」

「かつての師匠を守る為の偽装工作か…　歪んだ師弟愛やな」

「師匠を守る為に危ない橋渡ったちゅうのに、あろう事か、その師匠に殺されかけたんや…　関根も大分、こたえとるようや」

「そら、無理もないな」

「報告はそれだけや…　ま、後は我々に任せて、平ちゃんは、和葉ちゃんの応援でもしてたらええ」

大滝、笑いながら去って行く。

「気楽なもんやな」

「ああ…　名頃は絶対に何か仕掛けてくる…　大滝警部はああ言っていたけど、油断はできねーぞ」

「おっと、やばい、予選の最終戦、もう始まる頃とちゃうか？」

コナンは慌てて携帯をだす。

試合は既に始まっている様子だ。映っているのは、Aブロック。紅葉が今回も圧勝の気配である。

『それでは、熱戦の続く、Bブロックを見てみましょう』

宮葉の一言で画面が変わる。札を挟んで向き合う和葉と佐余子の姿が映し出された。

『朝《あさ》ぼらけ…』

和葉が動いた。佐余子の陣地にある札に手が伸びる。指の先にある札は、「あらはれわたる瀬々《せぜ》のあじろき」だ。

『有明《ありあけ》の…』

読手の声に、和葉の腕の軌道が変わる。ギリギリのところで札には触らず、そのまま畳の上でスライディングをするような格好となった。

「うおっ、危ねぇ」

コナンも思わず手に汗をかいていた。

「あさぼらけ」は六字決まりであるから、続く言葉が「ありあけのつき」なら「よしののさと」、「うぢのかはぎり」なら「あらはれわたる」となる。だが、「ありあけのつき」は空札だ。もし、和葉があのまま「あらはれわたる」に触っていたら、お手つきになるところだった。

起き上がった和葉は、乱れた札を直していく。一方、佐余子は微動だにせず、じっと自分の手元を見つめている。

そんな佐余子の様子を、平次は感心して見ている。

「さすが、空札の時は動きもせんな」

ロビーは、和葉の動きにざわついていた。

「すげえ動きだったなぁ」

「強気のカルタだけど、大丈夫かね」

そんな声が聞こえてくる。

「もうわたし、見てられない」

蘭は思わず目を伏せる。横にいる静華は、それでも平静だ。

「なかなかええ動きや…　荒削りやけど、攻めガルタに徹している…　迷いもない…

ただ、相手はそこを上手い事突いてきますな…　揺さぶりをかけて自滅するのを待つ作戦やろうけど」

「和葉ちゃん、大丈夫でしょうか」

「今の空札はかなり効いたな…　これを引きずって、攻めの姿勢が崩れるようやと、ちょっと厳しいなぁ」

「そんな…」

読手が札を取った。

『ちぎりきな…』

和葉の鋭さは更に増していた。佐余子の陣にある札を素早く取る。その動きに迷いやためらいは全くない。

それを見た静華は、初めて満足そうに微笑んだ。

「やりますなぁ」

宮葉の声もやや興奮ぎみだ。

『遠山選手、迷いがありませんねぇ』

『あわやお手つきの後に、また四字決まりの「ちぎりきな」…　そこで迷いなく攻めきれるのは、素晴らしいとしか言えません…　ここで一気に流れを引き寄せるかもしれませんよ』

『おっと、ここで早くも、大岡紅葉選手、勝利です』

どよめきが起きた。

画面が切り替わると、紅葉が札を持って立ち上がる。着物も全く乱れておらず、汗もかいていない。余裕の勝利といった風情だ。

画面がBブロックに戻る。空気が変わっていた。佐余子が唇を嚙みしめながら、和葉から札一枚を受け取っている。

『あーっと、和智選手、お手つきです』

『珍しいですね！　こういったミスが少ないのが、彼女の持ち味なんですが』

『これで、遠山選手が優勢となってきましたね』

佐余子の顔には明らかな動揺が見て取れた。

「静華さん！」

「うん、この試合もらいましたで」

阿知波研介は、会館内にある会長室で、モニターに映る試合の様子を見つめていた。

大岡紅葉が決勝に進むのは確実と踏んでいた。気になるのは、その対戦相手であったが…

モニターからは、宮葉の興奮気味の声が聞こえてくる。

『大変な事となりました… 優勝候補の一人、和智選手、新人に敗れました… これで、皐月堂で行われる決勝戦は、大岡紅葉選手と遠山和葉選手の二人によって行われます』

「遠山和葉…か」

ノックの後、ドアが開き、秘書が顔を覗かせた。

「会長、そろそろ…」

「判った」

阿知波は立ち上がると、テーブルにあった妻皐月の写真を手に取った。

「いよいよ、決勝戦だ… 行ってくるよ、皐月」

「やったで、和葉！ さすがや」

大喜びする平次の背後で、警官達の動きが慌ただしくなっていた。

コナンは携帯をしまい、言った。

「何か動きがあったようだな」

平次は自分の携帯をだす。

「大滝ハン、何かあったんか？」

「事務所裏に不審車両や…　水道の修理業者の軽トラなんやけど、運転してきた男がどこにもおらへん」

「何やと」

通話を切り、平次は走り出した。コナンも後に続く。

「工藤、どう思う？」

「今の時点では何とも言えねえが、気になるな」

事務所の裏には数人の警官たちが集まっていた。その中心にいるのは大滝で、斜めに駐められた軽トラックの前で難しい顔をしている。

「大滝ハン、状況は？」

「あまり良うない…　事務所の天井から水漏れして、業者を呼んだのは本当や…　ただ、このトラックが通用口を入ってから大分経つっちゅうのに、肝心の作業員が現れへん」

警官がやって来た。

「警部、公園のトイレ内で、作業員を発見しました！　何者かに襲われ、身分証、作業着などを奪われたそうです」

「何やて？　それで、その作業員は？」

「命に別状はありませんが、頭部を強打されており、現在、病院へ向かっています」

「で、襲った奴の人相は？」

「背後からだったので、何も見ていないと」

「くそぅ、やられた」

大滝の脇でがっくりとうなだれている警官がいる。どうやら彼が、問題のトラックを中に入れたらしい。大滝がその警官に向かって言う。

「森本、お前、右腕の傷の確認はしたんやろな」

「もちろんです！　ただ、傷なんて、何も…」

コナンは、地面に落ちている肌色のテープを拾い上げる。

「ねえ、こんなものが落ちてたよ？　多分、これで傷を隠したんじゃないかな」

「くそぅ、してやられた…　よし、付近を徹底的に捜索や！」

「ねぇ、警部さん、このトラックがここに駐まってるって、誰が知らせてきたの？」

「誰って、事務所に電話があったらしい…　裏に妙な車が駐まってるって」

「だけど、トラックの横には水のトラブル解決って書いてあるし、別に妙でも何でもないよね」

「それはそうやけど…　ああ、今は子供の相手してる場合やない」

大滝は警官達と走り去ってしまう。残ったのは警備の警官とコナン、平次だけだ。

平次はトラックの周りをぐるりと回り、さらに詳しく観察している。

「確かに妙やな？　トラックそのものに妙な点はない…　電話してきた人間は、一体何を妙やと思ったんや」

「あるいは、見つけて欲しかったのかもしれないぜ、侵入者を」

「見つけて欲しい？　何の為に？」

「さあ、そいつはまだ…」

傍に立つ警官の無線に緊急連絡が入った。

「不審者を発見、追跡中！」

「服部！」

「よっしゃ」

コナンと平次は並んで走りだす。

予選会場を出た選手達が、皐月会館のロビーに集まり始める。蘭と静華は、壁際に立ち、移動していく選手達を見つめていた。

彼らの最前列に立つのは、決勝に進む紅葉と和葉の二人。そして、会長の阿知波研介の三人だった。ロビー南側にある観音開きのドアの前で、阿知波が皆に向かって言った。

「では、これより決勝戦を行います…　決勝進出を決めたお二人は、皐月堂に移動していただきます…　皐月堂に入れるのは、選手の二人、それに読手である私の三人のみとします」

観音開きのドアがゆっくりと開いていく。選手達の間から歓声にも似たどよめきが起きた。

ドアの先は、皐月堂へと通じる森である。うっそうとした木々の中を、一本の白い道が通じていた。

阿知波を先頭に、紅葉、和葉はそこをゆっくりと進んで行く。

森に入る直前、和葉はちらりと蘭の方を振り返り、小さくVサインを送ってきた。

だが、見送る蘭の胸は、不安でいっぱいだった。

和葉には絶対に勝って欲しい。でも…

（和葉ちゃん、判ってんのかなぁ…　もしも勝ったら服部君に告《こく》んなきゃいけないんだよ？）

事務所の建物を中心に、不審者の捜索が開始された。無線機を手にした大滝が、怒鳴り声を上げている。

「これだけの人数で追ってるんや、さっさと捕まえんかい！」

「そ、それが、見通しがきかない上に、動きが素早くて」

「ええい」

平次とコナンは慌ただしい様子を、少し離れたところから見つめていた。

「これだけの警官相手に逃走を続けているなんて、相手は相当なプロだな」

「元カルタの達人が、五年の間にこれだけのスキルを身に付けたちゅうんか？」

「いずれにせよ、ただ闇雲に逃げているだけとは思えない…　これだけの奴だ、いざという時の脱出方法も用意しているはずだ」

「オレが奴の立場やったら、まず一つは、駐車場に予備の逃走車を用意しておく」

「駐車場は昨夜から警察が監視しているし、一台一台、中まで確認しているんだぜ？　不審車両があったら、すぐばれるだろ？」

「ほんなら次に考えられるんは変装やな…　怪しまれへんような服装一式をどこかに隠しておいて、それに着替える…　あとはカルタの関係者に混じって、堂々と表から出て行く」

「問題は、どこに着替え一式を置いておくか」

「森を抜けた先に、小屋がなかったか？」

「清掃用具なんかを入れておく小屋だ」

「そこやな」

「ここからだと、もう先回りはできねえな」

「小屋に入ったところを包囲すればええ！　警察官は山程おる」

平次は携帯に向かって叫んだ。

「大滝ハン！　奴の行き先が判ったで！」

阿知波、紅葉、和葉の三人が森の中の道を進んでいく。その模様は、各所に設置されたカメラによって、モニターに映しだされていた。

蘭と静華は、再びロビーのモニターで、映像を見つめている。

歩く事十五分程。ようやく皐月堂が見えてきた。これといった装飾もないシンプルな外観だが、総檜造《そうひのきづく》りで荘厳な佇《たたず》まいを見せていた。

阿知波が扉を開き、三人が中に入る。カメラは皐月堂内部のものに切り替わった。

中にあるのは、試合をする一間だけだ。二十畳程の広さがあるが、調度などは何もなく、読み札を置く台が一つ、ぽつんと置いてあるだけだった。

台の上には既に札がセットされている。部屋の中央には向かい合う形で座布団が二枚、そして、あの皐月会伝統のカルタ札が置かれていた。

四方は障子窓になっていて、柔らかな光が差し込んでいるが、外の様子を見る事はできない。

宮葉による解説が始まった。

『さあ三人が皐月堂に入りました……ここからは、備え付けのカメラを通してしか、試合の様子を見る事はできません……それにしても、遠山和葉選手の決勝進出、驚きましたね』

『はい、正直驚きました……特に、予選最終戦では、あの和智佐余子選手を大差で破っていますからね』

蘭は隣で、やはり平然と画面を見ている静華にきいた。

「和葉ちゃん、大丈夫でしょうか」

「ここでなんぼ心配してても仕方おへん…　彼女が自分のカルタを忘れへんかったら、充分に勝機はありますで」

阿知波が台の前に立つ。いよいよ、決勝戦の始まりだ。

会場も静まり返る中、阿知波が何事かを、紅葉、和葉に向かって言った。低い声であった為か、音声までは拾えなかったようだ。紅葉、和葉もきょとんとした顔をしている。一瞬の事であったので、気付いていない者もいるようだ。

蘭は静華に小声できいた。

「阿知波さん、今何か言いましたよね」

「二人共、すまないね」

「え？」

「確かやないけど、そんな風に唇が動いたように見えましたで」

「すごい、静華さん、読唇術もできるんですか？」

「そんなんやあらへん…　剣道やカルタやってたおかげで、何となく見えるんや」

「でも、どういう意味ですか？　すまないって」

「さあ、そこまでは私も判りまへん」

蘭が首を傾げている間に、阿知波による序歌が始まった。

『難波津《なにわづ》に　咲《さ》くやこの花《はな》　冬《ふゆ》ごもり　今《いま》を春《はる》べと　咲くやこの花…』

（いよいよ、いよいよだわ）

『ちはやぶる…』

静かな流れるような動きだった。着物の袖をわずかに翻し、紅葉の白い腕が伸びた。

和葉は動く暇もない。

『神代《かみよ》も聞《き》かず　竜田川《たつたがわ》　からくれなゐに　水《みず》くくるとは…』

だが、和葉に動揺の色はない。落ち着いて、座っている。

宮葉の解説が入る。

『チャンピオンの貫禄といったところでしょうか…　得意札は逃さないと、大岡選手自身も言っていますからね』

『一首目からいきなり大岡選手の得意札とは、遠山選手にとっては、ちょっと不運でしたね…　動揺していなければいいのですが』

それを聞いた静華が、くすりと笑う。

「何を言うてんのや…　動揺してるんは、向こうの方やで」

「どういう事ですか？」

「紅葉ハンも気づいているはずや、和葉ちゃんが相手の得意札は捨ててきてる事に…

そんな戦法を取る相手、初めてやろうしな」

そう言われてみれば、札を取った紅葉の顔から、先程まで浮かんでいた余裕の笑みが消えている。

『わびぬれば…』

和葉の手が、札ギリギリのところを這《は》うように動く。そして、紅葉より早く札をはじいた。

場内にもどよめきが起きる。宮葉、川添の声も興奮気味だ。

『いや、これは素晴らしい！　チャンピオンを上回る速さでしたね』

『全く驚きです！　これは、判らなくなってきましたよ』


茂みの向こうにある小屋は、警官隊によって包囲されつつあった。

コナンと平次は、大滝と共に少し離れた場所から様子を覗《うかが》う。

平次がきいた。

「中に男がおるのは、間違い無いんやな」

「ああ、追跡してた警官が確認しとる」

「オレらが来ている事は、まだ気付かれてないな」

「それも間違い無いのやが…」

「一気に踏み込むか」

「できれば、出てきたところを押さえたい」

コナンは言った。

「まだ爆弾を持っているかもしれないしね」

「よし、態勢も整ったし、そろそろ頃合いや！　行くで」

大滝を先頭に、平次とコナン、警官達がゆっくりと小屋に近づいて行く。小屋までは十メートル程だ。

「ここから一気に行くぞ」

大滝が走りだそうとした瞬間、猛烈な光と共に、小屋が吹き飛んだ。

「うわっ」

熱風と共に、木材やガラスの破片が降り注ぐ。先頭にいた大滝と平次は爆風に飛ばされ、植えこみに叩きつけられていた。背丈の小さいコナンは、とっさに身を伏せる事で、難を逃れていた。

物の焦げる臭いに混じって、火薬やガソリンの臭いも漂ってくる。小屋は炎を噴き上げており、簡単に近付けそうもない。

「服部！」

コナンは騒然とする現場を駆け抜け、植え込み前で腰をさすっている平次の元へ行く。

「大丈夫か」

「あぁ、何とかな」

「大滝警部は？」

「ここにおるでぇ」

植えこみの向こうから、煤《すす》だらけの顔がのぞく。

「危ない、危ない… 爆発があと何秒か遅かったら、もろに巻き込まれてるとこや」

背広についた木の葉や枝、泥の汚れをはたきながら、燃え続ける小屋を睨む。

「くそっ、こらどういう事や」

「あれ？　地震？」

蘭はモニターから目を離し、窓の外を見る。微《かす》かな震動と爆発音のようなものを聞いたからだ。しかし、熱戦を見守る場内は、黒山の人だかりとなっており、皆が発するどよめきなどで、宮葉達の解説も耳に届かない程だった。

（気のせいかな）

蘭は画面に注意を戻す。

試合は中盤に入り、紅葉が自分のペースを取り戻しつつあった。

『思《おも》ひわび…』

二人の動きだしはほぼ同時だ。それでも、札を取ったのは紅葉だった。動きは互角でも、紅葉には経験がある。その差が今、はっきりと現れ始めていた。

だが、それだけではない。蘭の目には和葉の集中力が落ちてきているように見えていた。

「和葉ちゃんの様子、少しおかしくないですか？　カルタに集中できていないような…」

「あの子はまだ、自分の力に気付いてないんや…　そやから、戸惑ってる…　正念場やな」

和葉が両手で自分の頬を叩いている。気合いを入れる際、和葉がよくやる仕草だ。

「和葉ちゃん…」

彼女に一体、何が起きているのだろう…

「消火や！　消火急げ！」

大滝の怒鳴り声が響く。

警官達が消火器などで、必死の消火に当たっていた。その頑張りもあって、炎は徐々に小さくなっていく。

手助けをしていた平次は消火器を置き、大滝に尋ねた。

「この爆発、大滝ハンはどないい思う？」

「おそらく、誤爆やろ…　名頃が持っていた爆弾が、何らかの理由で爆発…　名頃自身も吹き飛んでしもたんや」

それを聞いたコナンは首を傾げる。あの日売テレビのビルと関根の車の爆破。爆薬の量、仕掛ける場所、爆破のタイミング、全てが完璧だった。あれだけの事をした男が、誤爆なんてするだろうか？

平次が歩み寄って来て、言う。

「何や、その顔、納得できてへんみたいやな」

「そういうお前はどうなんだ？」

「誤爆やなんて信じられるかい」

「オレもだ」

焼け跡の一部が、騒がしくなった。コナンはそちらに目を向ける。

「見つかったようだな」

「そのようや」

二人は警官達の集まる方へと歩いて行く。

まだ白い煙が立ち込める中、地面に黒焦げの遺体が転がっていた。爆風と熱にやられたのだろう、人相や指紋も確認できる状態ではない。ただ、右腕に走る傷跡ははっきりと確認できる。

駆けつけた大滝はそれを見て、低くつぶやいた。

「名頃やな、これで決まりや」

平次と共に遺体の脇に立ったコナンは、小声で言った。

「ここは元々、小屋の玄関があった場所だ…　見ろ服部！　この遺体、爆風を背後から受けているぞ」

「背後から？　ちゅう事は爆発があった時、こいつはドアの方を向いていた事になるな…　もしミスで爆弾が爆発したんやったら、爆風は正面から受けるはずや…　背中で受けたちゅう事は、爆弾に気付いて、とっさに逃げようとしたんやな」

「遺体の手を見てみろ…　左手で右手の親指を包むようにしている…　こいつは…」

「何かのメッセージ…か」

コナンはそっと左手をどけてみる。だが手で覆ったくらいで、熱の影響を逃れる事はできなかったようだ。親指も無残に焼けただれていた。

では、遺体は何故このようなポーズを…

(遺体は小屋を背にして倒れていた)

遺体の主が進もうとしていた先には、鬱蒼《うっそう》とした森がある。

コナンは平次と顔を見合わせる。

「なるほどな」

平次が大滝を呼んだ。

「この小屋の周りを徹底的に捜索してくれへんか」

「そんな事、平ちゃんに言われんでもやるがな」

「それやったら、なるべく早《は》ようにやった方がええで？　面白いもんが見つかるかもしれん」

『ここまで十五枚対七枚で、大岡選手がリード！　かなり早い展開ですね』

宮葉の声はさっきまでに比べ、落ち着きを取り戻しつつあった。それは川添も同様だ。

『空札があまり出ていませんから、このまま最後までいってしまうのか？　流れが変わる事はあり得ますが、やはり、チャンピオン有利ですね』

紅葉有利の展開は、まだ続いていた。解説者も含め観覧者の多くが、紅葉の勝利を確信し始めている。

蘭は祈るような気持ちで、画面を見つめる。和葉の疲労の色はかなり濃く、呼吸も荒くなっていた。

「和葉ちゃん…」

「そうかな」

蘭の後ろに、いつの間にか和智佐余子が座っていた。試合中の着物から、今は洋服に着替えている。

「確かに遠山さんは疲れてきている…　でも、あんな険しい表情の紅葉さん、見た事がない…　表にはだしてないけど、紅葉さんも苦しいんじゃないかな？　札の上では勝っているけど、精神的には五分と五分…」

それを聞いた静華は、小さく笑う。

「さすが、よう見てますな…　その子の言う通り、まだ判りまへんで」

小屋の火は完全に消えたようだった。すぐに消防隊員による現場検証が始まった。立入禁止を示すテープが張られ、平次達もその場から退去させられた。

そんな二人の元に、大滝がハンカチで鼻と口を押さえながらやって来た。

「あかん、損傷が激しくて、身元確認もできひん状態や…　小屋の中にあったもんも、ぜーんぶ燃えてしもてる」

「証拠はゼロか…」

「名頃はまだ大量の爆発物を持っていたはずや…　もしそれが小屋の中にあったとしたら、もっと派手に吹き飛んどる」

「つまり、爆弾はもうどこかに…　それで、小屋の周りの捜索は？」

「始めたけど、何しろ、この広さやろ？　人手が足りひん、少し時間をくれ」

「ねえねえ、名頃って人は、ターゲットにした人に、自分の得意札だった秋の歌をメッセージとして送りつけていたんだよね？」

「ああ」

「日売テレビで『奥山に』、矢島さんに『山川に』、阿知波さんに『小倉山』、関根さんに『このたびは』、紅葉さんに『嵐吹く』…　あと一つ『ちはやぶる』はどうなったのかな」

「さあな、別にそこまでのこだわりはなかったんとちゃうか」

（いや、あの歌は名頃が自分の犯行である事を示す宣言みたいなものだ…　そこにわざわざ得意札を当てはめてきたんだ、絶対に歌を送る相手がもう一人いるはず…　まさか！）

「もしかして、まだ決まっていなかったから？」

「何や、どないしたんや？」

「名頃が最後の歌を送らなかったのは、まだ送る相手が決まっていなかったからじゃないのか」

「それって、おい！」

大滝は怪訝《けげん》な顔だ。

「どないしたんや、二人とも」

「大滝ハン、皐月会館の事務所に、これからオレらが行く事を連絡してくれ！　ええな、頼んだで」

「そらええけど、どういうこっちゃ？」

「説明してる間はないねん」

コナンは平次と共に駆け出す。

階段を一気に駆け上がり、皐月会館まで戻る。目指すのは、正面玄関脇の事務室だ。

突然飛び込んできた二人に、残っていた女性一人が目を丸くする。

「な、何か？」

「大阪府警の大滝警部から連絡がきてるやろ」

「は、はい…　すると、あなたが服部平次さん…」

「遠山和葉の荷物、出してくれ！　緊急事態や」

「え…　でも…」

「はよ！」

「は、はい」

平次の剣幕に畏《おそ》れをなしたのか、奥の棚から和葉のバッグなどを出して並べる。携帯には、メール着信有りの表示が出ていた。

平次は携帯の捜査を始める。

「おい服部、暗証番号とか知ってんのか？」

「知るわけないやろ？　そやけど、和葉が使いそうな番号は大体、判る…　ほら、開いた！　そ、そんな目で見るな、今は緊急事態や」

「はいはい」

画面を見た平次の顔色が変わる。

「工藤、これ、見てみい」

差し出された携帯の画面には、百人一首の歌が浮かび上がっていた。

『ちはやぶる　神代《かみよ》も聞《き》かず　竜田川《たつたがわ》　からくれなゐに　水《みず》くくるとは』

「これではっきりした！　最後のターゲットは、和葉や！」

ようやく、大滝が追いついてきた。

「何や平ちゃん、急に走りだすさかい…」

「そんな事より、大滝ハン、これを見てくれ！　和葉の携帯や」

「ん？」

画面を見た大滝の顔色も変わる。

「こ、これは、例の…」

「そうや、次に狙われるんは、決勝戦に進んだ和葉や」

「ちょい待ちや、平ちゃん…　確かに百人一首の歌やけど、肝心の紅葉が入っとらんやないか」

「この歌は竜田川の水面が紅葉でいっぱいになる情景を詠んだ歌！　つまり『からく

れなゐに』が、紅葉を表しているんだよ！」

「しかし、何でや？　何で和葉ちゃんが狙われるんや？　彼女は名頃会とも皐月会とも無関係やろ？」

「そんなん関係あらへん！　あいつはもう巻き込まれてしもてるんや」

「とりあえず、こっちへ」

大滝はコナン達を事務所横の会議室へと連れて行く。

「そやけど平ちゃん、心配いらんで！　犯人はもう…」

「いや、事件はまだ終わってへん」

「何言うてんのや？　犯人は名頃で決まりやろ？　奴はこの通り、もうこの世にはおらへん」

「警察にそう思い込ませる事が、真犯人の狙いやったんや…」

「真犯人!?」

コナンは言った。

「あの小屋で爆死した人は、本当に名頃だったのかな」

「おいおい、あれが名頃やなかったら、一体誰なんや？」

「阿知波さんの元秘書の海江田藤伍さん…　香港に行った事になってるけど、連絡はしてみたの？」

「海江田？　ああ、一応な…　そやけど、所在不明でな…　携帯にかけても応答があらへんし…」

平次が言う。

「かつて右腕やった男が、阿知波研介の危機に連絡もよこさんちゅうのは、ちょっと引っかからへんか」

「海江田さんは、阿知波不動産の汚れ仕事を一手に引き受けていたという噂もある人物…　言うなれば、その道のプロなんだよね？」

「おい…まさか…」

「これは鑑識が撮った遺体の写真や…　右手の親指を左手で包み込んでる…　おかしなポーズやと思わへんか？」

「ワシも気になったけど、鑑識の話では別におかしな点はないそうや…　偶然、そんな姿勢になったんやろ」

「そう言うたら、海江田はいつも右手親指に純金の指輪をはめとったな…　写真にもしっかりと写ってたで」

大滝もようやく事の次第が飲み込めてきたようである。

「指輪て…」

「あの遺体は、おそらく海江田や…　右腕の傷は今回の計画に合わせて、自分でつけたもんやろう」

「そやけど、遺体は指輪なんかしてなかったで」

「外したんだよ」

コナンが答えた。

「爆発の直前にね」

平次もうなずく。

「そう、あのポーズは、やっぱり海江田のダイイング・メッセージやったんや」

「小屋は元々、警察に追跡された時の逃げ場所として使うつもりだったんだ…　多分、脱出用に使う爆弾も置いてあったんだと思う…　だから海江田は小屋に逃げ込んだんだ」

「そやけど、頼みの爆弾は何者かによって既に起動されていた…　裏切られたと悟った海江田は、とっさに指輪を外し…」

大滝の携帯が鳴った。

「大滝や…　何やて？　指輪が？」

コナンと平次はにやりと笑う。通話を終えた大滝が二人に向かって言った。

「小屋の傍に立つ木の幹から、指輪が見つかった…　爆風で飛ばされ、めり込んどったんや」

「海江田のダイイング・メッセージはそれさ…　指輪を外せば、後は爆風が運んでくれる」

「しかし、そうなると…」

大滝はかなり混乱しているようだ。

「あの遺体が海江田やとすると、名頃はどうなる？」

平次が答えた。

「今回の事件、名頃鹿雄は一切、絡んでへん…　日売テレビ爆破や関根襲撃の実行犯は海江田で間違いない…　そして、それを命令した真の黒幕は、阿知波研介――」

「アホな！　阿知波は名頃に命を狙われた被害者やで？」

「そう思わせるのが、あいつの狙いやったんや…　名頃による復讐というシナリオを隠れ蓑《みの》にして、まず矢島俊弥さんを殺害した」

「何でや？　何で矢島を？」

「気付かれたからや、五年前の秘密を」

「何や、その秘密て？」

「五年前、名頃は阿知波皐月に試合をするように迫った…　そやけど試合当日、名頃は姿を見せず、以後、行方を絶った…　そうやったな？」

話を振られたコナンは、そこから続ける。

「試合前夜、名頃が皐月さんを訪ね、カルタ勝負をする事になった…　そしてその勝負に皐月さんは勝った…　完敗した名頃は、そのまま姿を消した…　阿知波さんはボク達にそう言ってたけど…　ちょっと妙な点があるんだよね」

「その妙な点というのは？」

「ホテルにあった皐月さんの写真…　ボク、こっそり写してきちゃったんだ」

コナンは、携帯の画面にその時撮った写真を表示する。試合当日、会場の駐車場で微笑む皐月の姿だ。

「その写真が…　どうかしたんか」

「阿知波さん、小五郎おじさんとの対談で言ってたよね…　皐月さんの試合前には車をピカピカに磨くって…　それなのに、この車、足回りがすごく汚れてる…　すごく大事な試合の前なのに、どうしていつもみたいに、車をピカピカに磨かなかったんだろう？」

「何でや？」

平次が言った。

「磨く必要がなかったからや…　阿知波には判ってたんや、名頃が会場に来ない事が」

「必要がなかった…　どういうこっちゃ？」

「阿知波が、名頃を殺したからや」

「な…」

「死んでいるモンは、会場には来られへんやろ」

「そやけど、何で阿知波がそないな事せなあかんのや？　確かに名頃と皐月会の間には確執めいたものがあったみたいやが、殺しの動機になる程深刻なもんとは思えん…　それに、名頃は皐月さんにカルタで負けたんやろ」

「そこや…　皐月さんは、ほんまに名頃に勝ったんやろか？　五年前の二人の試合は、誰も見てへんのや…　もし、皐月さんが負けていたとしたら、それはごっつい動機になるんとちゃうか？」

コナンは言う。

「翌日には皆の前での対戦がある…　皐月さんが惨敗すれば、皐月会は解散、名頃が関西のカルタ界のトップに躍り出ることになる」

「そんな事、許せる訳ないやろ？　阿知波は名頃を殺害した…　凶器はおそらく、皐月さんが四連覇した時のトロフィーやろ…　四つのトロフィーのうち、一つだけ所在が判らん…　何となく気になってたんや」

「ほなら、遺体はどこへ？」

「凶器と一緒に、どこか山の中に埋められているんやろ…　阿知波は翌日、何食わぬ顔で試合会場に行き、現れるはずもない名頃を待っていたんや…　結局、阿知波の思惑通り、名頃は不戦敗となり、皐月会は守られた」

大滝はゆっくりと吟味した後、重々しくうなずいた。

「なるほど、面白い推理や…　けど、肝心の証拠がない」

「それならあんで！　まずは、矢島さんが見ていたＤＶＤや！　その辺は、この坊主のお手柄や」

コナンは、会議室用のテレビに近付き、持参したＤＶＤを入れる。

「矢島さんは殺される直前まで、去年の高校生皐月杯争奪戦決勝戦の映像を見ていたんだ…　そして、犯人が土蔵に侵入してくる直前に、テレビのスイッチを切った…　だから、犯人はＤＶＤの事には気付かなかったんだ…　もし気付いていたら、持ち去っていたと思うよ」

画面に昨年の決勝戦の様子が映しだされた。紅葉が勝利し、札を集め、立ち上がる。

そこでコナンがリモコンの一時停止ボタンを押す。

「矢島さんの土蔵には、皐月会主催の二大大会決勝のDVDが十年分揃っていた…もし、競技カルタの研究の為に使うんだったら、もっと他の大会も揃えるはずだと思わない？」

「た、確かに」

「そやのに矢島さんは何故、二大大会の、それも決勝にこだわったのか」

「…カルタ…か？」

「そうや… 矢島さんはこの映像を見て気ぃついたんや、カルタに隠された秘密にな… 坊主、準備はええか？」

「今、繋《つな》いだところ」

コナンはテレビに通信機をセットする。画面にまた、阿笠博士のどアップが映る。

「博士、準備はいい？」

「データの入力はほぼ終わっておる… しかし、上手くいくかのぉ」

「大丈夫、博士が作ったソフトだろ」

　画像の具合を確認した後、平次が説明を始める。

「一連の犯行計画が始まったんは、ちょうど一年前…　高校生皐月杯争奪戦で、紅葉が優勝した時や」

「ほら、前に阿知波さんから聞いたじゃない？　紅葉さんのカルタは師匠である名頃さんとよく似ているって…　皐月会に移ってからも、名頃さんに教わった攻めガルタの型を続けていて、得意札も一緒」

「師匠と厳しい稽古をやっているうちに、好みの札まで似てきたんやろな」

　大滝が腕を組みながらうなずく。

「それやったら、名頃が取る札と紅葉さんが取る札は、いつも同じになるな」

「いや、それはないで…　試合によって札が読まれる順番は違うし、使われる札も違う…　そのうえ、相手の並べ方によっても、取り方は変わってくるしな…　よほどの偶然がない限り、そんな事は起きひん」

　コナンがテレビ画面を指しながら、言う。

「だが、その偶然が、起きちゃったのさ…　博士、画像を出してくれ」

　画面に、先程まで再生していたものと同じ映像が流れ始める。昨年の高校生皐月杯争奪戦決勝の模様だ。紅葉が勝利し、札をまとめ立ち上がる。

「紅葉が持ってる札をよぅく見て？　札の側面に、黒ずみがあるでしょう？」

そう、これだったのだ。千枚漬をわしづかみにしている元太の画像を見た時のあの感覚。

「そう言われると、確かにな」

「矢島さんはカルタの研究に熱心だったから、これに気が付いたんだ」

「彼はこの黒ずみの正体を知ろうとしたんや…　それで、調べるうちに、染みが五年前、突然現れた事に気付いた…　カルタ札は普段、保管の為厳重に管理されている…　勝手に持ち出したり、触ったりする事はできひん…　ただ、五年前、一晩だけ例外があった」

「皐月さんと名頃さんの試合の前日だよ…　その夜だけ、カルタは阿知波さんの家にあった」

「矢島さんはその後も解析を続け、最近になって、ようやく真相を掴んだんや…　そして、カルタの修復と調査を言いだした…　阿知波は反対したけど、矢島さんは後に引かへん…　阿知波はやむなく、カルタをこの世から消し、同時に矢島さんも殺害する計画を立てたんや」

大滝は画面に顔をくっつけんばかりにして、カルタを睨んでいる。

「ほいで、この黒ずみの正体は何なんや？」

コナンが画面に向かって言った。

「博士、頼む」

画面が切り替わり、何枚ものカルタ札が現れる。それらが、プログラムに従って、重ね合わされていく。

コナンが言う。

「ＤＶＤに映ってるカルタ札の画像を可能な限り取り込んで、それぞれの札についた染みの形を再現したんだ……　それを元に、紅葉さんが持っていた札の黒ずみを、より鮮明にすると……」

画面に再現されたカルタ札の側面には、くっきりとした黒ずみが浮かび上がっていた。

大滝はそれを見て、難しい表情になる。

「確《たし》かに汚れは付いているが、形ははっきりせえへんなあ……　古いカルタやし、汚れが付くのは当然とちゃうか」

「これだけだとよく判らないよね、だけど……」

黒ずみの部分だけが蛍光色に置き換わった。側面にぼんやりとではあるが、指紋の形が浮かび上がる。

「こ、これは…」

「本物《ほんもん》のカルタを分析すれば、カルタ側面についた血液が、名頃のもんやと判るはずや… そしてこの指紋の主こそが、名頃殺しの犯人――」

「阿知波研介か…」

「阿知波はまず、矢島さんの土蔵に行き、カルタの秘密に気づいた矢島さんを殺害、名頃の得意札の一枚である、春道列樹《はるみちのつらき》の札を握らせた… その後、自分で車を運転し、毛利のおっさんとの対談の為、日売テレビへ行く」

「一方、海江田は阿知波に命令された通り、運送業者に化けて日売テレビに侵入、爆弾を仕掛け、警察に電話をかけた」

大滝が悔しげにうなる。

「何と… あの電話は海江田か」

「爆破の直前、放送室に侵入し、猿丸太夫《さるまるだゆう》の歌を流したのも、海江田だ… そうした証拠品はすべて、爆発で吹き飛んでしまう… 海江田にはその計算があったんだ」

大滝が尋ねる。

「海江田は何で、警察に連絡してきたんや?」

「無用な犠牲者はだしたくなかった…　だから、中にいる人達が避難する時間を確保したかったんだと思う…　阿知波の狙いはカルタ札だけやったからな」

「証拠のカルタ札を燃やす為だけに、ビル一棟爆破しよったんか！」

「考えようによっては効果的や…　爆破の方に気を取られて、いくら貴重なもんとはいえ、カルタ札に注目する者はおらんやろ？　ただ、首尾ようカルタ札が燃えてしまえばよかったんやけど、未来子が命がけで札を守ってしもた」

「矢島殺しの方も、関根康史が現場に現れ、せっかく施した偽装を台無しにしてしまった」

「仕方なく、阿知波は計画を続行、名頃による復讐劇をでっち上げ、海江田を使って、関根、紅葉を襲ったんや…　そのゴタゴタで今年の大会を中止に追いこんで、カルタ札を始末する方法をゆっくり練るつもりやったんやろ」

「だが、紅葉さんも大会の開催を強く訴え、止める訳にはいかなくなってしまった…　もし紅葉さんが決勝に進み、昨年と同じように札を取れば、カルタ札の染みがまた現れる畏れがある」

「そやけど、そんな確率、万分の一やろ」

「阿知波は確率をゼロにしたかったんや…　犯人は名頃…　皐月会への逆恨みから、

かつて名頃会にいた二人を狙った——事にしようとしたんや」

大滝は顔を顰める。

「関根は巻きぞえを食ろうただけっちゅう訳か…」

コナンは続けた。

「そして今日、海江田は水道の修理業者に化け、ダイナマイトを積んだ軽トラで会場に潜入した… 潜入方法なんかは、全て阿知波研介が指示していたんだろう」

平次もうなずく。

「ただ、阿知波は知りすぎた海江田も生かしておくつもりはなかった… 名頃の仮面をかぶったまま、名頃として葬り去るつもりやったんや… 阿知波はトラックの件を事務所に通報し、警察に海江田を追い詰めさせた」

「追跡を受けた時の対処方法も、阿知波は教えていた… 森を抜けた先にある小屋に変装用の服が置いてあるとでも言って… だが小屋には、前もって仕掛けておいた爆弾があり、海江田は、名頃鹿雄として爆死する…」

大滝が携帯を出して言う。

「京都府警の綾小路警部に連絡して、阿知波皐月さんの部屋を調べてもらう… 平ちゃん達の言う通り、そこで名頃が殺害されたのやったら血液反応が出るはずや… あとはカルタを回収して、指紋を調べれば一件落着…　事情が事情やさかい、皐月会には申し訳ないが、すぐに踏み込むで」

宮葉の興奮した声が響き渡る。

『激しい攻防が続いていますが、両者の差はなかなか縮まりません…　二十枚対十三枚で、依然、大岡選手のリード』

『差が変わらないという事は、遠山選手がチャンピオンに食らいついている訳ですから、これはまだまだ判りませんよ…　ただ、正直、逆転の可能性はかなり低いと言わざるを得ませんね』

それを聞いた静華の目が更に鋭くなった。

「逆転の可能性があるとすれば、あの札や…　あの札を取れれば、流れは変わる…そやけど、相手も判ってるみたいやなぁ、その札を取らせたらあかんゆう事」

蘭は静華に聞く。

「あの札って、もしかして…」

画面には、残りの札が映っている。紅葉の自陣、その右下の一列目――

『ものやおもふと　ひとのとふまで』

「『しのぶれど』の札…　一番取りにくいところに置いてある…」

「紅葉さんも判ってるんや、あれがアタシの得意札やいう事」

遠山和葉は、自分から最も離れたところにある札をじっと見つめる。

（この札が取りたいんやろ？）

そんな紅葉の声が聞こえるようだ。和葉は集中しようと懸命だが、ざわざわと心が揺らぎ、聞こえるはずのない音、聞こえるはずのない言葉が、耳の奥で響いている。

（そやけど、渡さへんよ！　ここを守りきったら、ウチの勝ち…）

「絶対取る！　取る！　取らなアカンのに…　うるさい！　うるさい！　うるさい!!　余計な音は、アタシの耳から出て行って！」

自分が追い詰められている事を、和葉は認めたくなかった。ここまで精一杯やってきた。自分に大舞台を託した未来子や、無茶を知りながらカルタのイロハを教えてくれた静華の為にも、ここで負ける訳にはいかなかった。

それでも、頭が思うように働いてくれない。体の動きも鈍くなってきた。

向かいに座る紅葉は、全てが対照的に思えた。疲れた様子も見せず、口元には笑みすら浮かんでいる。

ここまでやろか…

(何や和葉？　怖い顔して…　誰とケンカしとんのや？)

聞こえてきたのは、平次の声だった。

和葉、静かに手を上げる。

「失礼します」

立ち上がり、乱れた呼吸を整える。障子で遮られている為、外の景色は一切、見る事ができない。和葉は薄く目を閉じた。

「そうや、ケンカしたらアカン…　アカンねん！」

目を閉じると、自然と耳が研ぎ澄まされてくる。

エアコンの音…　着物の擦《す》れる音…　畳の軋む音…　札に触る音…　かすかな息遣い…　そして胸の鼓動…

「みんな仲間や」

和葉は目を開くと、再び紅葉の向かいに座る。

「失礼しました」

迷わず、ほんまの音を捕まえる――

阿知波が札を取った。

『たち別《わか》れ　いなばの山《やま》の　峰《みね》に生《お》ふる…』

身体は反応しない。紅葉も同じだ。微動だにしていない。

空札だ。

『まつとし聞《き》かば　今帰《いまかえ》り来《こ》む…』

阿知波が次の札を取る。

「……」

最初の一文字が発せられる直前に、和葉は既に動きだしていた。当てずっぽうで飛び出した訳ではない。和葉には予感があった。自分でも説明できない何かが。

和葉には、その時点で聞こえていたのだ。

『しのぶれど…』

和葉の指が札に触れた。紅葉はほんの少し腰を上げただけだ。

「取った！　取ったで、平次！」

「すごい、取った！」

そんな蘭の叫び声がかき消されてしまう程の歓声が、ロビーにこだましていた。

佐余子は心底驚いた様子で、叫んだ。

「何⁉　読手が読む前に、もう動き始めて…」

その時、かすかな爆音と震動を感じた。気のせいかと思ったが、その場の皆が、一様に怪訝そうな表情をしている。

「あれ！」

誰かが窓の外を指さして叫んだ。

森の向こうで、火の手が上がっていた。

ざわめきが広がっていく。

「あれは…　皐月堂のある方角…」

蘭は絶句して立ち尽くす。だが、画面の中では、和葉と紅葉が試合を続けている。

「どういう事？　和葉ちゃん達、何も気付いてないの？」

佐余子が答えた。

「皐月堂は完全防音で、展望もほとんどない…　気付いてないのよ」

「そんな、早く逃げないと」

「直通の電話が事務所にあったはず！　そこから知らせましょう」

蘭がうなずいた瞬間、モニターの映像が消えた。

「え⁉」

「通信が途絶えた、まずいわ」

「何か、他に連絡手段は無いんですか？」

「聞いてないわ…　阿知波会長なら、ご存じだと思うけど」

「でも、会長も皐月堂の中よ…　このままじゃあ…」

「こうなったら、皐月堂まで行って、直接知らせるしかないわね…　皐月堂までの道は二本…　爆発のあった方向から見て、一般用の一本は塞がれていると思う」

「もう一本というのは…？」

佐余子は、ロビーのドアの向こう、森に通じる道を指す。

「あれだけよ」

佐余子が指さした方向で、大きな爆発が起こる。さっきよりも遙かに規模の大きいものだ。真っ赤な火の玉が膨れあがり、巨大な煙の柱が空に上っていく。炎が、瞬く間に森を呑み込み始めていた。

「あれ！」

「こっちの道でも爆発が！　ここを塞がれたら、皐月堂への道が…」

蘭はただ、呆然と眺めているしかなかった。

爆音と震動に、コナン達は表に飛び出した。立ち上る黒煙が見えた。

平次の顔色が変わる。

「あれは、皐月堂の方や」

携帯を片手に、大滝は狼狽えている。

「ど、どういうこっちゃ！　こんな事したら、阿知波自身も無事では済まへんで」

そこに警備に当たっていた警官が駆けこんできた。

「皐月堂に通じる二本の道が、共に炎で寸断されています！　簡単には近付けません」

「何やと？　消防は？　ヘリは？」

「今、こちらに向かっていますが、もう少し時間が…」

「それでは、間に合わん！　皐月堂に何とか連絡でけんのか？」

「通信ケーブルも全て切断され、連絡不能です」

「くそぅ」

唇を噛みしめる大滝を前に、平次はつぶやく。

「くそっ、やられたな…　奴は死ぬ気や、あのカルタと共にな」

「消防を待ってはいられねえ…　オレ達で助けるしかないぜ」

「おう」

コナンは平次と共に走りだす。

「お、おい、二人共、どこへ…」

大滝の声を振り切り、全力で走る。


「心《こころ》あてに…」

紅葉が腕を振り下ろすが、膝が滑りバランスを崩した。和葉はその隙に札を取る。

紅葉は畳の上に勢いよく倒れこんだ。

「くっ」

すぐに起き上がり、着物の乱れを直す。残りの札は紅葉が一枚、和葉が二枚になっていた。呼吸を整え、紅葉が座についた。

「ありあけの…」

和葉の耳には、阿知波の声だけが聞こえていた。読み札を取る音、彼の呼吸、そして第一声…全てが感じ取れた。

和葉は動いた。だが、紅葉もほぼ同時だ。自分の手が、わずかに早く札を弾《はじ》いた感覚があった。にもかかわらず、紅葉は札を取ろうとする。和葉は手を札の上に置いたまま、紅葉を睨みつける。

　紅葉はきっと睨み返してきた。

「ウチの方が早かった気ぃしましたけどなぁ…　手ぇ、どかしてくれます？」

「いや、早かったんはアタシの方や」

「ん？　もっかい言ってくれます？」

「手、どかすんは、アンタの方や」

　睨み合いになった。和葉は目をそらさない。絶対の自信があったから。

「どっちが早かったか、一番よう判ってんのは、自分ちゃうの？」

　紅葉が怯《ひる》んだ。唇を嚙み、手を離す。

　残る札は紅葉が一枚、和葉も一枚。この状況で敵陣にある札を取る事は非常に困難である為、自陣の札を確実に取る事がセオリーとされている。つまり、次にどちらの札が読まれるかで、勝敗が決する訳である。競技者の実力はもはや問題ではなく、運を天に任せるしかない。こうした状況を「運命戦」と呼ぶ。

　炎が渦巻き、バイクで走る平次達の前に立ちふさがる。平次は半ば煙に覆われつつある空を見上げる。

「消防もヘリも間に合わんとなると…」

後ろに乗ったコナンが、皐月堂の背後にある山を指さした。

「あの山のてっぺんにある、くれない池」

考えている事は、同じだったようだ。

「例の軽トラに積まれてた爆弾、爆弾処理班が外しているところやって、大滝ハン、言うてたな…　それを使わせてもらおか」

バイクをふかし、全開で走りだす。

「お、おい、君達」

警官の制止を振り切り、炎の壁を飛び越える。

(待っとれよ和葉！　死んでも助けたる！　お前にはまだ言わなあかん事があんねん！)


皐月堂は異様な程の静けさに包まれていた。

和葉と紅葉の間にある札は、二枚。運命戦の場合、自陣の札が読まれた方が圧倒的に有利となる。

(アタシの札は『みたれてけさは　ものをこそおもへ』…　『なかからむ』なら、アタシの勝ち…　紅葉さんの札は『まつもむかしの　ともならなくに』…　『たれをかも』が出れば、彼女の勝ち…）

阿知波が札を取った。

「人《ひと》はいさ…」

（空札！）

和葉は動かず、膝の上で両手を握り締める。対する紅葉も完全に読み切っていたようだ。表情一つ変えない。

「心《こころ》も知《し》らず　ふるさとは　花《はな》ぞ昔《むかし》の　香《か》ににほひける…」

和葉は気持ちを切り替え、阿知波の声に集中する。

阿知波の呼吸が読める。次の音は…

畳を叩く激しい音と共に、一枚の札が宙を舞う。


遙か前方に、軽トラックが見えてきた。規制線が張られ、爆発物処理班がまだ作業を行っていた。トラックの脇には、見つかった爆発物がそのまま置かれている。見た目は、何の変哲も無いダンボールの箱だ。

全力で飛ばしている為、風圧がすごい。コナンは懸命に平次の腰にしがみつく。

（ったく、身体が小さいってのはよ…）

「おい、止まれ！」

警官が二人、バイクを制止しようと飛び出してきた。平次は減速せず、ギリギリのところを抜けて行く。

「大滝ハンに連絡する時間もない！　工藤、一気に行くで」

「ああ」

作業に当たっていた面々も、突進してくるバイクに気付いたようだった。

平次が叫ぶ。

「驚かして悪いけど、これ、もろてくで」

わずかに減速させ、車体を傾ける。コナンは爆弾入りの箱をすくい上げ、膝の上に乗せた。

「服部、行け！」

「よっしゃ」

バイクはそのまま森の中へと突入した。

既にこの辺りまで煙が立ち込めていた。うっすらと白いベールをかけたようになっている。

徐々に勾配がきつくなってきた。バイクは構う事なく、全力で駆け抜けていく。しかし、進むに従って、火の手が迫ってきた。

「くそっ、真《ま》っ直《す》ぐ進めへん」

右後方で、さらに大きな爆発が起きた。

「くそっ、一体いくつ爆弾仕込んでんのや」

「今のは皐月堂の傍だ…　急がねえとやばいぞ！」

火に包まれた木が倒れ込んでくる。

「うおっ」

平次は絶妙のコントロールで、下敷きになる事を避けた。

「工藤、無事か？」

「何とかな」

爆弾を抱えながら、振り落とされないよう必死に踏ん張る。

煙は濃さを増し、太陽の光も遮り始めた。辺りが薄暗くなってくる。

（こいつは…　やばい）

コナンがそう思いかけた時、突然、視界が開けた。辺りを覆っていた煙も涼やかな風に吹き散らされていく。

「そら、これで抜けたで！」

平次の声と共に、バイクは大きくジャンプし、コナンの目には真っ青な空が飛び込んできた。斜面を登りきったのだ。

目の前に広がるのは、美しい紅葉を水面に浮かべたくれないの池だ。

一方、下に目を転じると、炎に包まれた森とその中心に位置する皐月堂が見える。炎はあと数十メートルに迫っている。皐月堂を出たとしても、四方は全て火の海だ。中の三人に助かる術《すべ》はない。黒煙が渦を描きながら淀《よど》んでいる。皐月堂の小さな姿も、まもなく隠れてしまうだろう。

(和葉！)

平次の言葉にならない慟哭《どうこく》が、コナンの耳にははっきりと聞こえていた。


皐月堂全体を、激しい揺れが襲った。

和葉と紅葉は同時に顔を上げる。

「な、何です？　地震？　あっ！」

更に激しい揺れがきた。その震動で、正面の扉が開いた。燃えさかる炎が、和葉達に迫っている。

紅葉が、和葉にすがりついてきた。だが、さすがの和葉も言葉がない。

(な、何やのん、これ…)

紅葉が阿知波の方を見た。

「会長！」

いま、最も頼りになるのは、阿知波だ。しかし、彼は無言のまま、何故か微笑んだ。

「か、会長…？」

メキメキと木が倒れる音が聞こえてきた。気が付けば、白い煙が室内に入ってきている。

そんな中、阿知波は満足そうな笑みを浮かべ、畳の上に座り込む。

「会長…」

紅葉の呼びかけにも応じない。阿知波に駆け寄ろうとした紅葉の手を、和葉は摑んだ。

「早よ、逃げるで！」

「え…　でも…」

紅葉を引きずるようにして、廊下に出る。扉を開くと、周囲は既に火の海だ。このままでは、いつ天井が落ちてもおかしくはない。

部屋の中には、微動だにしない阿知波が一人。

(何が起きてんの…?)

押し寄せる熱風が、ちりちりと和葉の頬を刺す。

(平次…!)


バイクのエンジンをふかしながら、平次は眼下の光景を目に焼きつけた。

「チャンスは一度だけや! 工藤、準備はええか?」

「ああ」

「ほな、いくで」

バイクを池に沿って走らせる。助走をつける為、いったん斜面とは逆の方向に向かう。池を一周する間に、充分なスピードを確保するのが狙いだ。

麓の惨状とは全く無縁の、静謐《せいひつ》で美しい景色が広がっている。紅葉の木々が風にそよぎ、真っ赤な葉が舞い落ちる。池の水面はその葉で紅く染まり、華麗な織物のようだった。

そんな紅葉の回廊を、平次のバイクは一直線に進んでいく。

「おりゃああ」

最頂部から、バイクが飛ぶ。

「今や工藤！」

コナンが、池の岸に向け爆弾の箱を蹴り飛ばす。バイクはゆっくりと落下を始める。その背後で、巨大な大爆発が起きた。池の畔の一部が吹き飛ばされ、斜面の一部に陥没が起きた。巨大な水柱が上がった後、水がそこから滝の如く流れ落ち始める。

平次は懸命にバイクを操作し、斜面の中程に着地する。ブレーキをかければ、転倒してしまう。そのままの勢いを駆って、一気に下り始める。すぐ背後には、池から来た巨大な水流が迫っている。巻き込まれたら、ひとたまりも無い。

(前には炎、後ろには水か)

高度が下がるに従って、煙が濃くなっていく。皐月堂は果たして無事なのか。ここからでは、見る事もできない。

(和葉、今行くで！)

煙が晴れ、目の前に皐月堂の屋根が見えた。

ロビーで観戦していた人々は、警察の誘導で駐車場に集まっていた。蘭に静華、佐余子もじっと吹き上がる炎の行方を見つめている。森の半分は既に火に飲まれ、駆け付けた消防の努力も虚しく、延焼を食い止める事は難しそうであった。

「和葉ちゃん……」

蘭の目に涙があふれた時、山の頂上付近で大きな爆発が起きた。続いて吹き上がる巨大な水柱。池にたまっていた紅葉が、キラキラと日の光を浴びながら、舞い散っていく。

それを横で見ていた佐余子が、ふとつぶやいた。

「流《なが》れもあへぬ　紅葉《もみじ》なりけり」


皐月堂の天井に火が回った。ブスブスと襖《ふすま》に焦げ跡が広がり、障子はメラメラと燃え上がっている。

幸い、部屋の周りにまだ火の手は上がっていないが、煙が立ち込め、息をする事もままならない。和葉は紅葉と共に、姿勢を低くし、ハンカチを口に当てていた。紅葉が激しく咳込《せきこ》んだ。

「大丈夫……」

口を開いた途端、和葉も咳込《せきこ》む。部屋の中では、阿知波が静かに座っている。周囲から迫る炎にも動じない。

（こんなところで…）

脱出方法を探るが、逃げ場は見つからない。このまま天井が落ちてきたら…

燃えくるう炎の音に混じって、バイクのエンジン音が聞こえた気がした。

（平次！）

和葉はもう一度、耳をすます。

聞こえるのは、皐月堂全体が軋む、不気味な物音だけだ。

（気のせいか…）

そう思いかけ、首を振る。

（違う、平次は絶対に来てくれる！　今のは、平次の…）

和葉は紅葉を抱え上げた。

「平次や！　平次が来てくれた、もう大丈夫や…　ほら、あのバイクの音、聞こえるやろ」

うっすらと目を開いた紅葉は、力なく首を振る。

「バイク？　ウチには何も聞こえへんのですけど…」

地鳴りのような音と共に、皐月堂全体が揺れる。和葉は紅葉を抱き寄せて、目を閉じた。

玄関の扉がメリメリと音を立てはじけ飛ぶと、一台のバイクがウイリーのまま突っ込んできた。

「和葉ぁ！」

「平次ぃ！」

バイクは横滑りしながら、廊下の真ん中でぴたりと止まる。バイクから平次が飛び降りる。その後ろには、コナンもいる。

「ちょ… 何でコナン君が？」

平次が叫んだ。

「話は後や！ 体を低くして、何かに掴まれ！」

先程から続いている震動が更に激しくなる。

「な、何これ？ 皐月堂が崩れ…」

「心配すな」

平次は、和葉をかばうようにして、抱きかかえた。

(工藤… 工藤は？)

目で探すと、部屋の中にあったカルタ札を箱にまとめ、抱きかかえたところだった。

(さすがやな)

玄関扉や窓から、一斉に水が流れこんできた。

森の炎が、斜面を駆け下ってきた濁流に呑み込まれていく。

蘭達の周りでは、警官、消防士たちが走り回っていた。そんな中、ひときわ大きな大滝の声が響き渡る。

「状況を確認せぇ！　何が起きてんのや？　何？　撤去中の爆弾が盗まれたぁ？　バイクに乗った少年と子供？　ほな、あの爆発は…」

蘭は、真っ白な水蒸気を上げている森を見る。

「あ…　あれ」

（もしかして…）

ずぶ濡《ぬ》れになりながら、コナンは折り重なった材木の間から、身を起こした。濁流は燃えさかる火を全て消し去り、辺りには微かな熱気が残るのみだ。

皐月堂は水の威力で押し流され、かろうじて原形を留《とど》めているのは、屋根だけである。

「おい、服部、大丈夫か？」

屋根の残骸の一部がぐらりと傾き、そこから平次が顔をだした。すぐ傍には、和葉と紅葉もいる。

「何とかな」

低いうめき声が聞こえた。真ん中からへし折れた大木の根元に、阿知波がぐったりともたれかかっている。

見た限り、ケガはしていないようだ。

コナンは近づいて、防水パックに入ったカルタ札を示した。

「こんなとこで死なせる訳には、いかねえんだよ」

阿知波は唇を嚙み、うなだれる。

十三

皐月会館の駐車場は、警察関係者や成り行きを見守る群衆でごった返していた。

森の中から姿を見せたコナン達を見て、歓声が上がる。最初に飛びだしてきたのは、蘭だった。

「和葉ちゃん!」

「蘭ちゃん！」

抱き合う二人の脇を、黒い影が走り抜ける。紅葉の執事、伊織だった。紅葉の前にひざまずくと、着物に顔をうずめ号泣し始めた。

「よくぞご無事で、お嬢様…」

紅葉は周囲を気にしながら、困惑した面持ちで言う。

「ちょっと、伊織… どないしょ…」

それでも伊織は、泣き続ける。紅葉は顔を赤らめる。

「もう、伊織、そんな泣かんといて… 恥ずかしいやないですか」

伊織は結局、泣き止まなかった。

そんな中を、コナンと平次は駐車場の外れへと移動する。そこには、警察車両と救急車が駐まり、ストレッチャーにのせられた阿知波がぐったりと横たわっていた。脇に立つ大滝はひときわ、険しい表情である。

阿知波は弱々しい視線を、コナンの持つカルタ札に向け、言った。

「私の負けだ、全て自供しよう… その代わり、君の持つカルタを証拠とするのは止めてくれないか？ その札は皐月会にとって…」

「それは違うんじゃない？」

「何？」

平次が言った。

「アンタが守ろうとしてんのは、皐月会でもカルタでもない…　アンタが愛した阿知波皐月やないんか？」

阿知波は驚きの表情を浮かべる。コナンはカルタ札の側面を示しながら言った。

「このカルタについた指紋って、おじさんのじゃないよね？」

「い、いや私だ…　私の指紋に間違いない！　名頃を殺した後、奴の血が付いたままの手でうっかり摑んでしまったのだ」

平次は首を振る。

「それがオレには信じられへんねん…　アンタは今回、これだけの計画をたった一人で作りあげ、実行に移した…　五年前の名頃殺しかて、ほぼ完璧に隠蔽した…　これだけ頭が切れて冷静な人が、うっかり指紋付きの血痕を残したりするか？」

「あ、あの時は、さすがの私も焦っていた…　じっくり考えるだけの余裕もなかった」

「確かに、今回起きた一連の事件は、全部、アンタの仕業や…　けど、全ての発端となった五年前の名頃殺しは、アンタやない」

大滝がぎょっとした顔できいた。

「そ、そらどういうこっちゃ？　阿知波でないんやったら、一体…？」

コナンはカルタ札をそっと下ろし、言った。

「阿知波皐月さん…　だよね？」

阿知波は頭を抱え、苦悩の表情のまま目を閉じた。

コナンは続けた。

「あの日、あなたが帰ってきた時、名頃さんは既に死んでいた…　そして、その場には凶器を手にした皐月さんがいた」

阿知波がうっすらと目を開く。そこには、諦めの色が浮かんでいた。しばらくの沈黙の後、阿知波はかすれた声で言った。

「その通りだ…　部屋の有様を見て、私は全てを悟った…　名頃が勝負を挑み、皐月が敗北した事も」

平次が言う。

「その時、カルタ札はどこにあったんや？」

「テーブルの上に重ねてあった…　床に散らばっていたものを、名頃の血が付かないようにする為、皐月がまとめたのだ」

「凶器は、やっぱりトロフィー…？」

「そうだ… 普段は全てケースの中に入れてあったのだが、翌日の展示の為、出してあったのだ…」

阿知波は頭を抱え、呻《うめ》くように続けた。

「全てが悪い方へと転がっていった… その日に限って、出してあったトロフィー… その日だけ家にあったカルタ札… そして、カセットテープ…」

「カセット？」

「読手には、私が保管していたカセットを使ったのだ… そして、皐月は負けた… この意味が判るかね？ カセットは私はもちろん、皐月が練習の為、何度も聞き込んだものだ… もちろん何パターンかあるうちの一つだが、皐月は読まれる札の順番をある程度記憶していた… 圧倒的に有利な状況だったのだ… にもかかわらず、皐月は負けた… 名頃の実力は、私達の予想を遥かに超えていたのだ… その瞬間、皐月が感じた恐怖はどれ程だっただろうか… 翌日の試合で、屈辱的な大敗をする事は、確実だった… その恐怖が、彼女を犯行に走らせたのだ… 私は名頃の遺体を車に積み、山の中に埋めた… 部屋の血痕は全て洗い流し、何事もなかったかのように、試合会場へと行った… 名頃は失踪とされ、私達のところに刑事が来る事も無かった…

しかし、皐月は…」

阿知波の目からは、涙があふれ出していた。

「皐月はあれ以来、人としての感情を失ってしまった…　皐月会の運営からも次第に遠ざかり、二年後に病気で死んだ…　私は会社の経営から退き、皐月会の運営に力を入れた…　皐月の美しいカルタを継承し、彼女の記憶を皆の中に留めようと思った…　彼女の生きた証《あかし》を残したかったのだ」

「そんな時に、矢島が現れたんやな」

「そうだ…　あいつは、どうやって嗅ぎつけたのか、全てを知っていた…　そして、保存と補修を口実に、あのカルタの調査を進言してきた…　最初のうちは、あれこれと理由をつけて退けていたが、それももう限界だった…　矢島の狙いは金だった…　薄汚い強請屋《ゆすりや》だったのだ…　あいつはあの日、土蔵まで金を持ってくるように言った…　持って来なければ、全てを警察に話すと…」

語りきった阿知波は横になったまま、深々とため息をついた。

「これが真実だ…　なあ、判ってくれ…　和葉君達を巻きぞえにしようとしたのは悪かった…　しかし、私は何としても皐月の名誉を守りたかったのだ！　私が愛した皐月を…」

平次の怒鳴り声が、駐車場に轟《とどろ》いた。

「アホ抜かせ！　お前の為に、一体人が何人死んだと思ってんのや！」

「み、みんな名頃のせいだ…　あの男が家に来て皐月を辱《はずかし》めなければ、こんな事には…」

そこに、伊織を従えた紅葉がやって来る。阿知波の告白を全て聞いていたようだ。

「辱《はずかし》めとうなかったから、前の日に名頃先生は行ったんやと思いますけど…」

「え？」

「前に名頃先生に聞いた事があるんです…　『何でそんなに皐月会を目の敵《かたき》にしてはるんですか？』って…」

阿知波は半身を起こし、紅葉を睨んだ。

「そ、それで、名頃は何と？」

「こうでもせんと彼女と勝負できひんし、ただ勝って『すごいなぁ』って褒められたいだけなんやけど、初恋の相手になぁ…　そう言うてはりました」

「は、初恋の相手!?」

「そうです…　名頃先生は皐月さんに憧れてカルタ始めはったそうですから…　けど、目ぇの病であと一年しかカルタできひんってお医者さんに言われて…　そやから、あんな強引なカルタにならはったんやと思います！　先生には時間がなかったから…」

コナンは足元にあるカルタ札を見つめ言った。

「じゃあ、もしかして皐月さんとの試合は…」

「ええ…　みんなの前では勝つ気はなかったんとちゃうかなぁ…　面倒を見られへんようになってしまう、ウチも含めた自分の弟子達を皐月会に引き取ってもらう理由付けをする為に…」

平次がキャップを目深にかぶり直しながら言う。

「そうとは知らず、皐月さんは名頃を殺してしもたっちゅうわけか…」

「そんな、そんなぁー…」

阿知波の慟哭が、紅に染まる山々に響いた。

## 終章

秋晴れの空の下、新大阪駅のロータリー前に、コナン達は勢揃いしていた。いろいろあったが、子供達の学校の関係もあり、今日中には東京に戻らねばならない。

元太はいつになく、不満げだ。

「あーあー、いろいろあって、あんまり食べられなかったなぁ」

光彦のつっこみは、この数日で鋭さを増している。

「タコ焼き、あんだけ食べたじゃないですか」

「ホントはもっと食べたかったんだけど、おじさんの財布が空になったから、お腹いっぱいのフリしたんだよ」

その横では小五郎が、空の財布を手に、売店の缶ビールを恨めしそうに眺めている。

「全く、あのガキ共のせいで、すっからかんだ…　テレビ局があなって、番組もパァ…　期待していたギャラももらえなかったしなぁ」

「まあまあ、お父さん…　でも、綺麗な京都を見て、大阪の美味しいものをたくさん食べたんだから、いい休暇になったんじゃないの？」

「あん？　まあな」

歩美がちょっぴり不服そうな顔つきで言った。

「でも、コナン君、一緒に観光できなかったね」

「オレ？　オレは別にいいんだ…　京都にも大阪にも何回か来てるしさ」

平次がコナンの頭をポンと叩く。

「そのたんび、事件に巻き込まれているけどな」

（お前に言われたくねえよ）

蘭が平次の横にいる和葉に言う。

「和葉ちゃん、今回は残念だったね…　あと一歩だったのに」

決勝戦、最後に読まれたのは『たれをかも』だった。事件でうやむやになってしまったが、試合は紅葉の勝ち。見事、連覇を達成したのであった。

「ええねん…　大会の模様が評判になって、カルタ部に新入部員がいっぱい入ったって未来子が言うてたし、それに…『しのぶれど』の札が取れたから！」

和葉は敗北の事など、全く気にしてないようだった。

「やっぱその歌を得意札にしたんだね！」

「ちゃうちゃう歌だけやない、その歌を詠んだ人の名前や！」

和葉は蘭の耳に顔を近づけ、ささやいた。

「平兼盛《たいらのかねもり》！　百人一首の中で平次の『平』で名前が始まんのは、その人だけや！もう平次の札にしか見えへんかったわ！」

「へぇー…」

「あとで札の写真撮って平次に送ったんねん！　『これがアタシの気持ちや』ってな！」

そんな和葉を蘭は少々複雑な思いで見つめる。

（わたしも送っちゃおうかな…　新一に『めぐりあひて』の札…）

「『しのぶれど』を送って自分の気持ちを伝える？　そらルール違反とちゃいます？」

突然後ろから、紅葉が姿を見せた。蘭と和葉は同時に飛び上がる。

「も、紅葉さん⁉」

「今の声、聞こえてたん？」

紅葉はにっこりと笑って言う。

「耳がええんは、アンタだけとちゃいますわ」

その声を聞きつけた平次が、紅葉の方へと向かう。

「紅葉やないか！　何してんねん、こないなトコで…」

「勝負に勝ったんで、約束通り告白しに来たんです…　最も、ウチはもう平次君に告白されてますけど…」

「はぁ？　何のこっちゃ？」

「これが、その証拠写真です！」

紅葉が見せたのは、あのパスケースに入っていた写真である。

子供達が近寄ってきて、覗き込む。

「何か指切りしてる！」

「約束してしまったんですね？」

「破ったら針千本飲まなきゃいけねーんだぞ？」

はしゃぎ回る子供達に、平次が叫んだ。

「ちょー待て！　何の約束したっちゅうねん？」

紅葉は平次に向かって、はっきりとした口調で言った。

「今度会《お》うたら嫁に取るさかい待っとけや！」

「えぇ〜〜〜〜〜〜!?」

和葉の叫びを聞きながら、コナンは平次を見上げる。

(またコイツ、そんな恥ずかしいところを記録されてやんの…)

「それとも…　こんな昔話、なかった事にしはりますか？」

紅葉の頬を、ひと筋の涙が伝う。

平次は、もう一度、写真を覗き込み、ポンと手を打ち鳴らした。

「あー、思いだしたわ！　そん時こう言うたんや！　泣くなや、また今度勝負したらええやんけ！　けど、今度会《お》うたらもっと強めに取るさかい、腕磨いて待っとけや！」

それを聞いた一同、啞然とするしかない。

「つ…」

「よめに…」

「取るさかい？」

「相手が女の子やったしケガさせたらあかん思て、力抜いて優しゅう取ってたからのぉ」

紅葉、携帯を取りだす。

「伊織！　撤収です！」

「はい！　お嬢様！」

ロールスロイスが、紅葉のすぐ横に急停車する。ボディーにはピンクのハートがいくつも書き込まれ、後部には缶がたくさん付けられている。

これにも、一同唖然とする。コナンは蘭と顔を見合わせるしかない。

(どうやら告白が成功した時の事を想定して、その車で平次とどこかへ行くつもりだったらしいな…)

紅葉はさっと車に乗りこむ。

「ほな今日はこの辺で勘弁しといてあげますけど、ウチは狙った札は誰にも取らせへんちゅう事、よー覚えといてもらいましょか？　和葉ちゃん？」

ロールスロイスが急発進し、カランカランと派手な音を立てながら走り去っていく。それを見送る和葉。

「初めて、アタシの事をちゃんと名前で呼んでくれた……」

一方の平次はあきれ顔だ。

「何や……　また和葉とカルタやる気なんかい？」

そんな二人の後ろで、蘭が一人、浮かない顔をしている。コナンは近づいて尋ねた。

「どうかしたの？　蘭姉ちゃん」

「コナン君、百人一首には詳しい？」

「少しだったら判るよ、学校で習ったから」

「実は、新一に『めぐり逢ひて』の札の写真を送ったんだけど、『瀬《せ》をはやみ』って歌が返って来たの……　これって、どんな意味だっけ？　わたし、ド忘れしちゃって……」

「『瀬《せ》をはやみ　岩《いわ》にせかるる　滝川《たきがわ》の　われても末《すえ》に　逢《あ》はむとぞ思《おも》ふ』……『愛しいあの人と今は別れていても、いつかはきっと再会しよう』という崇徳院《すとくいん》が詠んだ歌だよ」

蘭の顔がぱっと赤らむ。

「あ…そ、そうだっけ」

コナンは蘭に背を向けて、つぶやいた。

「忘れてんじゃねぇよ…」


（おしまい）

シノビノ
名探偵《めいたんてい》コナン
犯人《はんにん》の
犯沢《はんざわ》さん
サンデーSは
毎月《まいつき》25日《にち》発売《はつばい》!!
古見《こみ》さんは、
コミュ症《しょう》
です。
魔王城《まおうじょう》で
おやすみ
MAJOR《メジャー》
2nd《セカンド》
毎週《まいしゅう》水曜日《すいようび》発売《はつばい》!!

保安官《ほあんかん》
エヴァンスの嘘《うそ》
名探偵《めいたんてい》
コナン
だが
しかし
週刊
少年
サンデーは

## 本書のプロフィール

本書は、劇場版「名探偵コナン から紅《くれない》の恋歌《ラブレター》」(原作／青山剛昌・脚本／大倉崇裕)の脚本をもとに著者が書きおろした作品です。

小学館文庫

# 小説《しょうせつ》　名探偵《めいたんてい》コナン　から紅《くれない》の恋歌《ラブレター》

著者　大倉崇裕《おおくらたかひろ》

二〇一七年十二月十一日　初版第一刷発行

発行人　浅井　認
発行所　株式会社　小学館
〒一〇一-八〇〇一
東京都千代田区一ツ橋二-三-一
電話　編集〇三-三二三〇-五六六七
　　　販売〇三-五二八一-三五五五
印刷所————図書印刷株式会社



ISBN978-4-09-406483-4